조선의 품격

일러두기

소설 속에 인용된 서거정의 시(詩)는 그의 문집 《사가집(四佳集)》에 수록된 것으로, 그가 다소 늦은 나이에 지은 시들이다. 그러나 소설에서 천재 문사 서거정의 모습을 묘사하기 위해 젊은 나이에 지은 것으로 설정하고 인용하였음을 미리 밝혀둔다.

조선의 품격

천영미
장편소설

씨네스트

차례

한심한 종자

넓은 사랑채에 여덟 개의 다과상이 가지런히 차려져 있었다. 아랫목에 앉은 사내가 고개를 끄덕이자, 일곱 아들들이 모두 절하고 앉았다.

"모두 준비를 마쳤느냐?"

사내가 엄숙한 목소리로 물었다.

"네, 아버님. 새벽에 출발할 수 있도록 준비를 마쳤습니다."

큰아들이 대답했다.

"주상전하께서 동행하시는 사냥이니 한 치의 실수도 있어서는 안 된다. 전하를 호위하는 일에 앞장서되, 사냥에서도 단연 으뜸을 놓쳐서는 안 될 것이다."

사내가 둘째 아들을 돌아보며 확고한 어조로 말했다.

"예, 아버님. 가장 큰 포획물을 전하께 바칠 것이옵니다."

둘째 아들이 확신에 차서 대답했다.

"소자는 가장 많은 포획물을 바칠 것이옵니다."

셋째 아들도 거들었다.

"아버님, 소자는 백부님 이야기를 또 듣고 싶사옵니다."

"허허허, 그래? 가만 있자…… 무슨 이야기부터 들려줘야 하나?"

아홉 살이 된 여섯째 아들이 조르기 시작하자, 엄하기만 했던 사내의 얼굴에 미소가 번졌다.

"백부님의 활 이야기를 해 주십시오, 아버님."

요즘 한창 활쏘기에 재미를 붙인 넷째 아들이 눈을 빛내며 말했다.

사내가 이야기를 시작하려 하자, 이제 막 일곱 살이 된 막둥이가 쪼르르 달려가 아비 무릎 위에 앉았다.

"네 백부(태조, 이성계)께서는 전설이셨다. 어려서부터 용맹함이 남다르셨지. 어느 날 조부와 함께 사냥을 떠난 네 백부가 산속에서 길을 잃은 적이 있었다. 온 집안이 발칵 뒤집혀서 모두 횃불을 밝혀 밤새 찾으러 다녔었느니라. 새벽이 되도록 찾지 못하자, 산짐승에게 큰 변고를 당했을 거라며 모두 포기하려 할 즈음, 네 백부가 기적처럼 나타났었지. 자기 몸만큼 큰 멧돼지를 잡아서 질질 끌고 나타난 거야. 모두 놀라움을 금치 못했다. 그때 네 백부께서는 고작 열두 살이었거든."

"우와! 그럼 그 멧돼지를 백부님이 슈우웅, 하고 활을 쏴서 잡으신 거예요? 혼자서요?"

막둥이가 공중에 활쏘는 시늉을 하며 물었다.

"그렇지. 백부님의 활은 여느 장수들의 활과 달랐느니라. 싸리나무로 살대를 만들고, 학(鶴)의 깃털로 깃을 달아서 폭이 넓고, 길이가 길었다. 깍지는 순록의 뿔로 만들고, 살촉은 무거워서 나는 형님의 활을 드는 것도 힘들 정도였지."

"우와! 백부님은 신궁이셨나 봐요."

넷째 아들이 넋이 나간 표정으로 중얼거렸다.

"백부는 백발백중은 물론이고, 하나의 화살로 두세 마리의 사슴이나 노루를 꿰뚫어 죽일 정도의 실력이셨다. 어디 그뿐인 줄 아느냐? 네 조부께서 다리 부위를 맞혀 보아라, 머리 부위를 맞혀 보아라, 목을 관통시켜 보아라, 하고 말씀하시면 어김없이 그 부위를 정확히 맞히셨느니라."

"우와와와!"

막내가 손뼉을 짝짝치며 활짝 웃었다.

"아버님, 소자는 위화도 일을 듣고 싶사옵니다."

눈치 빠른 셋째 아들이 말했다. 그는 부친이 위화도 회군의 이야기를 가장 좋아한다는 걸 어린 나이부터 알고 있었다.

"고려 조의 우왕은 신흥 세력인 명(明)나라를 정벌하기 위해 네 백부를 위화도로 보냈었다. 형님께서는 명나라 정벌의 무모함을 여러 번 주청했으나 받아들여지지 않았지."

"백부님 같은 명장이 계신데 왜 무모한 일이옵니까?"

둘째 아들이 호기롭게 물었다.

"네 백부는 군사들을 자기 몸처럼 아끼시는 분이었다. 진정한 장수셨지. 숱한 전쟁을 치르는 와중에도 항상 군사들의 막사에서 주무시고, 밥을 함께 드셨다. 추운 겨울에 군사들이 동상에 걸리지 않도록 극진히 살피셨고, 전쟁 중에 죽은 군사들의 가족들을 살뜰하게 돌보셨다. 그렇게 아끼던 군사들이 제대로 싸워보지도 못하고 떼죽음을 당하게 생겼으니 응당 무모한 전쟁이라고 여기신 것이다."

"더 자세히 설명해 주십시오, 아버님."

근래 들어 정사의 흐름을 익히던 큰아들이 자못 진지한 어조로 말했다.

"명나라 정벌은 네 가지 면에서 불가한 일이었다. 홍수가 심한 여름철에 군사를 동원한 일이 첫 번째 불가함이요, 명을 공격하는 틈을 타서 남쪽에서 왜가 침범할 우려가 있으니 이는 두 번째 불가함이요, 여름철에 활의 아교가 녹아 활을 제대로 쓸 수 없음이 세 번째 불가함이요, 창궐하는 전염병으로 싸워보기도 전에 쓰러진 군사의 수가 많음이 네 번째 불가함이었다."

사내의 설명을 듣는 아들들의 얼굴에 자못 비장함이 들어차고 있었다.

"백부님을 가장 **빼닮**으신 분이 바로 주상전하(태종, 이방원)시지요?"

넷째 아들이 물었다.

"그렇지! 바로 맞혔다, 하하하. 너희들의 몸속엔 조선을 세운 왕족의 피가, 그 무장의 피가 흐르고 있음을 명심하거라."

사내의 호탕한 웃음소리가 사랑채에 쩌렁쩌렁 울렸다.

그런데 여섯 아들이 모두 부친의 이야기를 들으며 뿌듯해 하고 있을 때, 오직 한 아들만 꾸벅꾸벅 졸고 있었다. 다섯 째 아들 이교였다.

사냥을 나가기 전에는 항상 아들들을 모아놓고, 자신들의 몸속에 흐르는 무장(武將)의 피를 피력하느라 목에 핏대를 세우는 사내는 태조 이성계의 이복동생, 이화였다. 그는 숱하게 많은 전장에서 이성계를 도와 혁혁한 공을 세우고, 조카 이방원을 도와 왕자의 난을 평정한 후, 이방원을 왕으로 추대한 걸출한 무장이었다. 이성계의 직계가 아니었기 때문에 대군이 될 수 없었지만, 드높은 공훈으로 마침내 '군'이 아닌 '대군'으로 책봉된 유일한 종친이었다. 그는 '의안대군'이라고 불렸다.

뿐만 아니라 그는 당대 최고의 땅 부자였다. 이유는 공신으로 서훈되면서 받은 토지가 어마어마하게 많았기 때문이다. 그는 이성계를 호종하는 과정에서 위화도 회군 참가로 회군공신이 되었고, 조선을 개국한 개국공신이 되었다. 또한 이후 두 차례의 왕자의 난을 진압하면서 정사공신, 좌명공신의 칭호까지 얻어 무려 4번 공신이 되며 받은 토지가 이루 셀 수 없이 많았다.

의안대군 이화는 중요한 순간마다 현실적 선택을 하는 기민함과 결단력이 있었다. 그리고 그의 선택은 항상 옳았고, 그의 선택엔 늘 성공이 뒤따랐다. 다시 말해 조선의 지존 다음으로 막강한 권세와 부를 거머쥔 자가 바로 의안대군이라는 것이다.

그런데 번쩍번쩍 빛나는 그의 집안에 한심한 종자가 태어났으니, 그가 바로 다섯 째 아들 이교였다. 이교는 매일 같이 활쏘기를 연습하는 형제들과 달리, 매일같이 정지 주변을 어슬렁거리는 아이였다. 유복하게 자라 배곯은 적이 없는데도 늘 먹을 것에 집착하는 모습을 보였다. 그리고 이교는 이화의 아들 중에 유일하게 말을 탈 줄 모르는 아이였다. 이화가 억지로 종아리를 때리고 말고삐를 쥐어주면, 말에 오르기는커녕 말 모이를 주는 아이였다. 활과 칼을 쥐어야 할 손에 텃밭의 채소만 한 움큼 뽑아 들고 다니는 아이였다.

이화의 분노는 언제나 그에게 향해 있었고, 집안에서 아이는 천덕꾸러기처럼 여겨지곤 했다. 오늘도 어김없이 모든 아들이 집안의 무인 기질을 자랑스러워하고 있을 때, 아이는 도통 뭔 소린지 모르겠다는 얼굴로 멍하니 앉아있다가, 지금은 급기야 졸고 있는 거였다.

끙, *끄으응.*

'내일은 제발 사고를 치지 말아야 할 텐데…… 주상 전하 앞에서 저따위 못난 꼴을 보이지 말아야 할 텐데…… 으이구, 골이야.'

중요한 일을 앞두고, 역정을 낼 수 없어 참는 이화의 입에서 신음 소리가 삐져나왔다. 일곱 살짜리 막둥이만도 못한 놈, 그게 바로 이화의 다섯째 아들 이교였다.

요상한 취미

자연이 기지개를 쭉 켜듯, 늘어지게 졸린 어느 여름날 오후였다.

아작, 아자작, 아작아작.

한 소년이 옷을 풀어헤치고, 버선을 훌렁 벗어 던진 채 말린 누룽지를 씹어먹고 있었다. 그가 오른손에 서책을 끼고 있지 않았더라면, 누가 봐도 행랑채의 종놈 행색이라고 여겼을 것이다.

소년은 누룽지도 맛있어 죽겠지만, 서책도 재밌다는 듯 신나는 표정이었다. 서책은 명나라에서도 구하기 어렵다는 《송씨존생》이었다. 서책에는 명나라의 기본적인 조리법이 빼곡하게 적혀 있었다. 명나라 요리에는 볶기, 튀기기, 조리기, 찌기, 삶기 등의 기본 조리법에 찐 후 다시 조리기, 튀긴 후 볶기 등의 조리법이 병용되고 있었다. 또한 불로장생의 사상에 따라 오미(五味), 신맛, 짠맛, 매운맛, 단

맛, 쓴맛이 하나의 요리에 조화롭게 녹아들어 있었다. 소년의 마음을 가장 사로잡은 것은 일물전체식(一物全體食)이었다. 즉 재료의 전부를 먹는 것이었다. 생선은 머리부터 꼬리까지 버리는 것 없이 조리하고, 채소는 잎부터 뿌리까지 통째로 사용한다는 것이다. 어디 그뿐인가. 명나라음식에는 백여 종의 향신료를 사용하고 있었다. 이토록 많은 향신료를 사용하되 다양한 맛이 균형을 이룬다고 되어 있었다.

"명나라 음식은 대체 어떤 맛일까? 아아아, 먹어보고 싶다."

소년은 입맛을 다시며 행복한 표정을 지었다. 그때 방문 앞을 지키던 길복이의 눈이 튀어나올 듯 커지고 있었다. 소년의 아비가 다가오고 있었기 때문이다.

"도련님, 도련니이이임! 대군마님 오십니다요."

길복이가 목소리를 낮춰 신호를 아무리 줘도 소년은 듣지 못했다. 벌컥 문을 열어젖힌 부친의 얼굴엔 못마땅한 기색이 역력했고, 길복이가 울상이 된 채 서 있었다.

"아, 아버님!"

"서책을 읽으려면 반듯이 앉아서 읽어야지, 어째서 주전부리를 옆에 끼고서 그 꼴로…… 쯧쯧쯧."

소년이 민망한 듯 서안 위에 떨어져 있던 부스러기를 주섬주섬 치우기 시작했다. 아들의 행색에 혀를 차던 이화는 서책의 제목을 보고 피가 거꾸로 솟는 듯했다.

"이, 이게 무엇이냐? 《송씨존생》?"

"……."

"말타기와 활쏘기에 젬병이면서도 부끄러워하기는커녕 고작 이따위 서책에 빠져있던 것이냐? 어째서 사서삼경(四書三經)이 아니냐? 장수가 될 수 없다면 문사(文士)라도 되어야 하지 않겠느냐? 그래야 집안 체면이라도 서지 않겠느냐 말이다!"

"송구합니다, 아버님."

"네가 이 집안의 종자가 맞긴 한 것이냐? 한심한 놈 같으니, 쯧쯧."

이화가 문이 부서질 듯 닫고 나가버리자, 길복이가 울기 시작했다.

"도련님, 소인이 더 크게 알려드렸어야 했는데, 흐흐흑."

"네 잘못이 아니다. 그러니 그만 울거라."

소년은 길복이의 등을 토닥거리며 달래기 시작했다.

"길복아! 너나 나나 오늘은 기분 좋게 하루를 지내긴 글러 버린 듯하구나. 그럼……."

"쉿, 도련님! 목소리가 너무 크십니다요. 대군마님 더 멀찍이 가시고 나면 소인이…… 흐흐흐."

둘은 알 수 없는 눈짓을 주고 받으며 킥킥거렸다. 주인과 종이 아니라, 나쁜 짓을 벌이려 작당하는 패거리 같다고나 할까.

"지금이다, 길복아! 한가득, 냉큼, 알겠지?"

소년이 말을 죄다 동강동강 끊어먹었는데도 길복이는 용케 알아들었다는 듯 총총히 사라졌다. 그리고 조금 뒤 길복이는 시원한 감주 한 동이를 들고 나타났다. 그렇게나 많이 가져가면 들킨다고, 대군마님 아시면 경을 칠 거라고, 펄쩍 뛰던 영흥댁도 약과를 수북이 담아서 뒤따라왔다. 그리고 참 요상하게도 두 사람은 소년의 방에서 나갈 생각을 하지 않고 있었다.

"자, 자, 길복이도 한 잔. 영흥댁도 한 잔."

소년은 방안에 숨겨두었던 사발을 두 개 더 꺼내 감주 세 그릇을 따랐다.

"여기 3개, 여기 1개, 여기 1개."

영흥댁이 소년의 접시에 약과를 가득 담고, 자신들의 그릇에도 하나씩 두었다.

"역시, 우리 영흥댁 솜씨가 기가 막히단 말이야. 아무리 속상한 일이 있어도 약과에 감주 한 사발이면 다시 기분이 좋아지거든."

소년이 씨익 웃으며 말했다.

"맛있기만 한가요? 약이지요, 약. 소인이 아무리 볼기짝을 많이 맞아도, 요거 한 그릇이면 싹, 아픈 게 없어진다니까요."

길복이가 홀짝홀짝 감주를 마시며 웃었다.

"도련님, 그래도 너무 자주 책망 듣지는 마셔요. 쇤네 속상하니까요. 대군마님 화 풀리실 때까지 당분간 정지 근처에는 절대 오지 마시고요."

영흥댁이 안타까운 표정으로 소년을 바라보았다.

영흥댁은 소년, 이교의 유모였다. 영흥댁은 어려서부터 먹는 거라면 사족을 못 쓰는 도령 때문에 이것저것 만들다 보니 이제는 집안의 반빗아치보다 더 맛있게 음식을 만드는 경지에 이르렀다. 장수의 기질이라고는 눈곱만치도 타고 나지 못한 도령이 부친으로부터 꾸지람을 듣는 날이면, 영흥댁은 도령의 마음을 풀어주기 위해 뚝딱, 맛있는 간식을 만들어주곤 했다. 그러다 보니 도령은 날렵한 몸의 여섯 형제들과 달리, 포동포동한 몸피를 지니게 되었다.

"영흥댁, 내가 말이야 명나라 서책을 보니, 대국에는 특이한 조리법이 아주 많더라고."

"아니, 음식을 주물주물 만드는 게 뭐 그리 특이할 게 있나요?"

영흥댁이 이해할 수 없다는 얼굴로 물었다.

"음식 재료를 하나도, 정말 하나도 안 버려. 그리고 두 가지 방법을 병행해서 조리해. 찐 다음에 튀긴다든지 뭐, 그런 식으로 말이야."

"예에? 그게 가능한가요?"

"응, 그렇더라고. 생선을 머리부터 꼬리까지 일체 토막 치지 않고, 통째로 찌는 거야. 그리고 다시 튀기는 거지. 마지막으로 그 위에 각종 오방색의 고명들을 잔뜩 올려서 맛이랑 멋을 동시에 만들어 내는 거야."

"어머나, 찐 뒤에 튀기면 속은 부드럽고 겉은 더 바삭 하긴 하겠네요. 그리고 생선이 알록달록 이쁘기도 할 테 고요."

영흥댁이 놀랍다는 듯 눈을 동그랗게 뜨고 말했다.

"에이, 그럼 먹기가 너무 아깝잖아요. 정성이 그렇게 많 이 들어간 걸 어떻게 뚝딱 먹어치워요?"

길복이가 뚜루룩, 눈을 굴리며 대답했다.

"보기에 좋은 떡이 먹기에도 좋다잖아. 도련님, 그거 참 신기한 거 같아요. 가만있어 보자. 생선이랑 어울리는 오 방색을 쓰려면 어떤 고명이 좋을까요?"

"계란으로 백색, 황색 고명을 만들고, 당근으로 적색, 목 이버섯으로 흑색, 파로 청색을 내면 되겠네."

이교가 막힘없이 술술 대답했다.

"우와, 역시 우리 도련님! 딱 들어도 생선이랑 잘 어울려요."

길복이가 혀를 내두르며 감탄했다.

"영흥댁, 알지?"

"도련님, 지금 쇤네가 더 궁금한 거 아시지요?"

명나라의 생선요리를 만들어 볼 수 있게 준비하라는 두리뭉실한 소년의 말에, 영흥댁이 더 눈을 빛내고 있었다.

"저기요…… 도련님. 대군마님 화가 모두 풀리시고, 집 안이 잠잠해지면 그때…… 소인이 도련님 대신 맞아드릴 엉덩이가 남아있질 않습니다요."

길복이가 울상을 지으며 말했다.

"자, 길복아. 그러니까 미리 감주 한 사발 더 약으로 들이켜라, 호호호."

영흥댁이 감주를 내밀며 웃었다.

"언제 하실 건데요?"

"도련님, 내달 초에 집을 비워두라고 할게요."

"내달 초면, 나흘 뒤잖아요. 그건 너무 빠르지."

길복이가 펄쩍 뛰었다.

"아주 좋아, 영흥댁. 이번에도 들키지 말고, 잘해 보자고. 길복이 엉덩이를 위해서라도."

이교의 얼굴에 잔망스런 미소가 걸렸다.

영흥댁은 소년 이교의 든든한 지원군이었다. 언젠가부터 맛있는 걸 먹는데 그치지 않고, 만들고 싶어 하는 이교에게 영흥댁은 이것저것 음식 재료들을 가르쳐주고, 손질하는 법을 알려주곤 했었다. 그는 활 쏘는 시간에도 걸핏하면 정지로 달려와서 영흥댁이 음식을 만드는 걸 구경하느라 여념이 없었다.

그러던 어느 날, 그가 영흥댁에게 부탁했다. 자신이 해 볼 수 있게 해 달라고. 하지만, 왕가(王家)의 피가 흐르는 도련님이 맛있는 걸 좋아하는 것과 천한 반빗아치의 일을 흉내 내는 것은 전혀 다른 차원의 일이었다. 장수의 칼을 들어야 할 손에, 천한 반빗아치의 칼을 들었다가 까딱 잘못해서 들키기라도 하는 날에는 영흥댁은 목숨을 부지하기 힘들 터였다. 조선 최고의 무장에게, 그 무시무시한 칼로 베어질 수도 있는 일이었다.

하지만 영흥댁은 이교의 눈빛을 보고야 말았다. 활 잡는 것에도, 칼을 쥐는 것에도, 늘 두려운 빛을 띠던 소년이 음식 앞에서만 눈을 반짝이고 있었다.

"도련님, 그간 쇤네가 하는 거 잘 보셨지요? 칼에 손 안 베이게 잘 하실 수 있지요?"

영흥댁의 질문에 이교는 고개를 크게 끄덕였다. 그리고

시작되었다. 그의 요상한 취미가.

영흥댁은 정지 문 앞에, 길복이는 정지 주변에서 망을 보고, 이교가 정지에서 음식을 만드는 일이 계속되고 있었다. 행여라도 종들의 눈에 띌까, 형제들에게 들킬까 조마조마한 마음이었지만, 그는 행복했다. 물컹한 생선을 만지면서도 불쾌하지 않았고, 딱딱한 조개껍질을 만지면서 가슴이 설레었다. 파릇파릇한 채소들을 만지면서 콧노래까지 흥얼거렸다.

그런데 몇 번의 위기를 넘기고 나서, 영흥댁이 말했다.

"도련님, 쇤네는 도저히 더 이상은 못 하겠어요. 정말 심장이 벌렁거려서 수명이 반토막 날 것 같아요."

"……."

"제 사촌이 들에 나가면 늘 반나절씩 집을 비우니까, 우리 거기 가서 해요. 쇤네가 미리 귀뜸 해놓을게요."

이교가 눈물이 그렁그렁한 채로 서 있자, 영흥댁이 시원하게 선언했다. 그 뒤로 이교는 궁금한 음식이 있으면, 발에 불이 나도록 영흥댁을 찾았고, 이 세 사람은 아무도 모르게 일면식도 없는 농부의 집에 숨어들어 음식을 만들어 보고, 낄낄대며 돌아오곤 했다.

그런 날이면 이교는 그간 쌓였던 부친에 대한 두려움과 원망, 섭섭함을 모두 털어낼 수 있었다.

가짜 삼형제

내리쬐는 땡볕에 숨 막힐 듯한 더위가 한풀 꺾이고, 선선한 바람이 불기 시작할 무렵, 왕은 처소에서 두 형님을 기다리고 있었다. 그간 즉위 후 숨 가쁘게 일정을 지내다 보니 짬을 낼 수 없기도 했지만, 사실 선왕의 눈치를 보느라 형님들을 마음 편히 만날 수가 없었다. 하지만 오늘 왕은 꼭 형님들을 봐야 했다. 그리고 물어야 할 게 있었다. 반드시 답을 듣고 말겠다는 각오가 왕의 표정에 묻어났다.

"전하, 양녕대군과 효령대군께서 드셨사옵니다."

공 내관이 아뢰었다.

"안으로 뫼셔라."

왕은 일어서서 두 형님을 맞이했다.

"전하, 그간 강녕하셨사옵니까? 용포가 썩 잘 어울리십니다."

양녕대군이 슬쩍 웃으며 물었다.

"갑자기 바빠지셔서 그런지 용안이 많이 수척해지셨사옵니다."

효령대군도 한마디 거들었다.

"제가 이리 된 것은 모두 두 형님들 덕 아니겠습니까?"

"……."

"……."

두 형이 꿀 먹은 벙어리 모양새가 되자 왕이 다시 물었다.

"제게 그렇게 툭, 던져놓고 가시니 좋으십니까, 양녕 형님?"

"허허허, 무얼 말씀이십니까?"

"15년을 넘게 지켜오시던 세자 자리를 그렇게 훌훌 털어버리시고, 제게 떠넘기지 않으셨습니까?"[1]

"아휴, 무슨 그런 참담한 말씀을요? 소신은 부왕께 쫓겨나서 폐세자된 것을요, 허허허."

"쫓겨나시려고 일부러 파락호(破落戶, 난봉꾼)가 되길 자청한 건 아니시고요?"

시치미를 뚝 떼는 양녕대군에게 왕이 집요하게 묻고 있었다.

"일부러 파락호가 된 게 아니라, 원래부터 제가 그 꼴로

1) 《태종실록》 1418년 6월 6일 기록 참고.

태어난 것을요. 저는 그저 놀고, 먹고, 유람하고, 예쁜 여인들과 어울리고, 사냥하는 게 좋을 뿐입니다."[2]

양녕대군이 느물거리며 말을 받아쳤다.

"지금은…… 편하십니까, 형님? 진심으로 묻는 것입니다."

"예, 전하. 맞지 않아 불편하던 옷을 벗어버리니 훨훨 날아갈 것 같사옵니다. 밤마다 대궐 담장을 넘어 다니다가 이젠 백주 대낮에 두 발로 떳떳이 궐 밖을 나다닐 수 있으니 살 것 같습니다. 어디 그뿐입니까? 제가 살아서는 왕의 형이요, 죽어서는 부처의 형이 될 것이니 저보다 더 복 많은 사람이 어디 있겠습니까?"[3]

양녕대군이 얼굴에서 웃음기를 지우고 말했다.

"그럼 되었습니다, 형님. 그것이면 충분합니다."

왕이 이젠 걱정하지 말라고, 더 이상 눈치 보지 말고 편안히 지내라는 마음을 담아 대답했다.

"그래도 마지막으로 여쭙고 싶은 게 있습니다. 언제부터였습니까? 대체 무엇 때문에 그리도 아바마마와 문무백관들의 기대를 한몸에 받으시며 늠름히 지켜오시던 그 세자 자리를 단념하게 되셨습니까? 대충 농으로 대답하실

---

2) 《태종실록》 1416년 3월 20일, 1416년 9월 19일, 1417년 3월 5일 기록 참고.
3) 《세종실록》 1446년 4월 23일 기록 참고.

요량이라면, 단념하세요. 대답을 듣기까지 결코 댁으로 보내드리지 않을 것입니다."

왕의 얼굴이 너무나도 심각해서 양녕은 순간 미안해지기까지 했다.

"전하…… 아바마마께서 즉위하신 지 6년이 지나고, 명나라 사신 황엄이 왔던 때를 기억하십니까?"

"네, 기억합니다."

"그럼 그 시정잡배 같은 놈이 조선에 무엇을 요구했는지도 기억하십니까?"

"예. 말[馬] 일만 필을 요구했었습니다."

"소신은 황엄이라는 작자를 단 한 번도 대국의 사신이라 여긴 적이 없었습니다. 그 시정잡배 같은 놈은 황제의 권세에 빌붙은 여우 같은 놈이었지요. 그 작자가 호가호위(狐假虎威)하는 꼴을 참기 힘들었습니다. 그토록 강하시던 부왕께서도 그자의 농단에 맞서시기는커녕, 그가 요구하는 것을 죄다 퍼 주셨으니까요. 제가 세자로서 그를 수행하면서 무슨 생각을 한지 아십니까? 바로 면상에서 그자의 상을 뒤엎어버리고, 뺨 싸대기를 갈겨준 뒤 자근자근 밟아주는 것이었습니다. 그자를 배행하는 내내 제 머릿속엔 오직 그를 때리고 싶다는 생각밖에 없었습니다. 그때 알았지요. 제가 세자의 자격이 없다는 것을요. 나 같은 자가, 나 같이 불같은 성정을 가진 자가 즉위하면 조선은 망하고 말겠구나. 조부께서 세우시고, 아바마마께서 숱하게 많은 피를 흘리시고서야 겨우 안정된 조선에 또다시 피바람이 불겠구나, 내가 감히 받들 수 없는 자리구나, 그때 알았지요. 지금의 조선에 필요한 왕은 칼이 아닌 실력과 능력으로 무장한 군주입니다. 창업이 아닌, 수성이 중요해진 시기니까요. 지금은 명나라와의 전쟁이 아닌, 외교가 절실한 시기니까요. 그래서 저는 아닌 겁니다. 소신이 비겁하게 도망쳐서, 그 버거운 자리를 감당하게 되셔서 제가 원망스러우십니까?"

"당연히 황망했습니다, 형님. 형님께서는 15년이 넘도록 세자 교육을 탄탄하게 받으셨던 반면, 저는 그야말로 왕세자 교육이라곤 받아본 적도 없고……."

"아휴, 무슨 그런 말씀을요. 조선에서 전하보다 더 많은 서책을 읽은 사람이 어디 있겠사옵니까? 공부는 넘치도록 충분히 하셨지요. 오죽하면 아바마마께서 방에 급습해서 서책을 모두 빼앗으셨겠습니까? 그런데 사실 세자가 그토록 많은 공부를 할 필요가 있사옵니까? 저는 늘 그게 불만이었습니다. 제가 세자 시절 공부하기 싫어서 개 짖는 흉내까지 내서 스승님을 기함하게 만들었던 거 아시지요? 정말 질식해서 죽을 뻔했다니까요."

양녕대군이 고개를 절레절레 흔들며 말했다.

"그럼, 작은 형님께 여쭙겠습니다."

쿠울럭, 쿨럭쿨럭.

지금껏 그림자처럼 앉아 있던 효령대군이 갑작스런 왕의 하문에 사레가 들었다.

"큰형님께서 사저로 나가신 후, 응당 새로운 세자 자리엔 작은 형님께서 오르셔야 마땅하지 않습니까? 그게 순서상 맞는 것이지요. 그런데 어째서. 갑자기. 하필. 그때. 버젓이 대놓고 불가(佛家)에 입문하셨습니까?"

왕이 한 글자씩 꼭꼭 씹듯 묻기 시작했다.

"어휴, 전하께서 그리 말씀하시니 마치 제가 양녕 형님이랑 같이 편 먹고, 판이라도 짠 것처럼 들리옵니다."

효령대군이 식은땀을 흘리며 대답했다.

"판을 짠 게 아닙니까?"

왕이 빙글빙글 웃으며 물었다. 효령대군은 어려서부터 그야말로 순해서 골려 먹는 일이 꽤나 재밌었기 때문이다.

"아휴, 판을 짜다니요. 무슨 그런 참담한 말씀을요."

효령대군이 도와달라는 표정으로 양녕대군을 바라보았으나, 그는 시치미를 뚝 떼고 차를 홀짝이고 있었다.

"전하, 괜히 생사람 잡지 마시고, 오랜만에 이리 삼형제가 모였으니 그저 담소나 나누시는 게……."

"양녕 형님, 작은 형님께서는 오늘 댁으로 못 돌아가실 듯하니, 퇴궐은 형님 먼저 하셔야 될 듯합니다."

"허허허, 효령. 그냥 냉큼 아뢰시게. 그래야 집에 가지."

"휴······ 저는 명나라에서 사신이 오든, 문무백관이 조회를 하든, 심지어 왕실의 행사가 있든, 연회가 있든, 크게 신경 쓰지 않고 살아왔습니다. 그저 피로 세워진 조선에서 나라도 속죄하는 마음으로 살자 싶어서 개미 한 마리도 죽일 수 없게 되었지요. 그러다 보니 사서삼경보다는 불경이 더 마음에 와닿았고, 불가에 심취하게 된 것입니다. 그런데 마른하늘에 날벼락이라고 갑자기 형님께서 사저로 나가신 뒤, 제 이름이 막 거론되지 않겠습니까? 덜컥 겁이 나더라고요. 순서상 둘째니 응당 저를 거론하는 신료들도 있었겠지요. 도대체 생각들이 있는 건지, 원. 아무런 명분 없이 갑자기 저를 건너뛰고 셋째에게 세자 자리가 갈 턱이 없지 않습니까? 그렇다고 또 제가 세자가 될 수는 없지 않습니까? 그래서 제가 불가에 심취한 것을 아주, 아주 조금 더 드러낸 것뿐이지요. 그래야 성균관 유생들도 마음껏 반대할 것 아닙니까? 유가의 이념 아래 세워진 조선에 불가에 심취한 세자가 말이나 됩니까? 아바마마께서 세자 책봉을 결정하실 때, 저를 가리켜 '자질이 유약하고 술을 한 모금도 마실 수 없어 중임을 맡기기 어렵다.'고 하셨을 때, 저는 덩실덩실 춤이라도 추고 싶었습니다. 술을 못 먹는 것마저도 저를 살릴 줄이야…… <u>흐흐흐</u>. 거 보십시오, 저는 아니라니까요."

"참으로 좋으시겠습니다."

효령대군이 반달눈을 뜨고 웃자, 왕은 할 말을 잃었다.

"그리고……."

"그리고?"

효령대군이 말끝을 흐리자, 왕이 번개처럼 되물었다.

"형님께서 야밤에 저를 찾아오셔서는……."

"효령! 뭣하러 그런 것까지 미주알고주알…… 입 꾹 다물고 차나 드시게."

효령대군이 양녕대군을 바라보며 씨익 웃자, 양녕대군이 눈을 끔뻑이며 채근했다.

"아무래도 오늘 두 형님께서는 날이 새도록 저와 계셔야 할 듯합니다."

왕이 냉큼 하던 말을 마저 하라고 두 형님을 다그쳤다.

"화 내지 않으실 거지요, 전하?"

"그럼요. 약조하지요. 사내 대 사내로요."

"사실 그 밤에 형님께서 찾아오셔서는 네가 세자 자질이 없는 건 온 세상이 다 아니, 충녕 앞을 가로막지 말고 냉큼 불가에 입문하라고 어찌나 협박을 하시던지……."

"예에?"

"내가? 내가 그랬다고? 전하, 분명히 약조하지 않으셨습니까? 화 안 내시기로요."

양녕대군이 얼굴이 벌게져서 발뺌을 했다.

"고정하시지요, 전하. 그래서 저희가 성심껏 도와드리려고 이리 찾아뵌 것 아닙니까?"

효령대군이 두 사람의 팽팽한 눈싸움에 끼어들었다.

"어찌 도우실 것입니까, 효령 형님?"

"전하께서 정사를 돌보시는 내내 온 마음을 다해서 불공을 드릴 것이옵니다. 전하께서 강녕하시고, 왕실이 편안하고, 조선의 백성이 편안해지길 평생 빌 것이옵니다."

"참⋯⋯ 위로가 되네요, 형님. 흐흐흐. 그럼 양녕 형님은요?"

왕은 실성한 듯 너털웃음을 지었다.

"저, 저요? 제가 뭘 도와야 합니까? 제 코가 석 자인데요?"

양녕대군이 어이없다는 표정으로 물었다.

"형님, 그러지 마시고 뭐라도⋯⋯ 그래야 집에 가지요."

효령대군이 양녕대군의 옆구리를 쿡 찌르며 속삭였다.

"아⋯⋯ 그럼 저도 돕겠습니다. 궐에만 계실 전하를 위해 조선 팔도를 유람한 뒤에는 반드시 입궁하여 조선이 얼마나 아름다운지, 조선의 백성이 얼마나 태평성대를 누리는지 꼭 알려드리겠습니다. 다시 한번 등극을 감축드리옵니다, 전하. 하하하."

"그럼요, 그럼요, 소신들보다 항상 더 강건하시옵소서."

"으이구……."

두 형님의 너스레에 왕은 머리가 지끈거렸다. 두 형을 제치고 갑작스레 세자가 되고, 또 세자가 된 뒤 겨우 두 달 만에 왕이 될 줄 몰랐던 왕은 마음에 늘 걸리는 게 있었다. 두 형님이 정말 괜찮은지, 그 마음이 정녕 괜찮은지 걱정이 되었다.

왕은 알고 있었다. '왕이 될 뻔한 대군'으로서 남은 생을 살아가는 게 얼마나 숨 막히는 일인지를. 왕에게 위협이 될 수도 있는 존재, 그게 양녕대군과 효령대군 앞에 놓인 삶의 굴레였다. 사저에서 친한 벗을 만나도, 집 앞을 드나드는 사람들이 조금만 늘어도, '역모'를 의심받아 참형에 처해질 수 있는 삶이었다.

그 삶을 앞에 두고, 양녕대군은 그야말로 파락호처럼 조선 팔도를 떠돌며 한량처럼 살아갈 것이고, 효령대군은 더 깊이 불가에 심취한 채 왕에게서 멀어질 것이다. 그게 자신들보다 더 뛰어난 자질을 지닌 왕을 조선의 지존으로 끝까지 지킬 수 있는 유일한 방법이니까.

"전하, 조촐한 연회라도 열어주실 줄 알고 버선발로 뛰어왔는데, 꼴랑 차가 뭡니까? 다음엔 요따위 차 대접으로는 아니됩니다."

양녕대군이 입술을 씰룩이며 농을 걸었다.

"암요, 암요. 다음에 뵐 때는 양녕 형님 좋아하시는 연회를 열어주세요, 전하."

효령대군이 얼렁뚱땅 맞장구를 치며, 그만 돌아가자는 눈치를 주기 시작했다.

"형님들 덕에…… 제가 얼토당토않게 왕이 되어 버렸지만…… 아주 멋진 조선을 한번 만들어 보겠습니다. 많이들 도와주세요. 언제든 필요한 게 있으시면 기별 주시고요."

왕은 또 언제 볼 수 있을지 기약할 수 없는 두 형을 애틋하게 바라보았다.

팔도 유람의 꿈

    네 차례나 공신이 된 부친 덕에 음직(蔭職, 중신을 우대하여 그 후손이 과거 시험을 거치지 않고 관리가 되었던 제도)으로 출사하게 된 이교는 요즘 형제들의 눈을 피해 즐거워하느라 진땀을 빼고 있었다.

    이교는 태종 원년 정2품 원윤(元尹)에 봉작되었다. 하지만 십여 년이 지난 후 태종은 강력한 왕권을 토대로 왕위 계승을 태조 직계에 한정시키기 위해 당시까지 태조계와 동일하게 대우해왔던 비태조계를 왕위 계승에서 제외시키고, 원윤과 정윤에 책봉하던 것도 혁파하였다. 그리고 이 조치로 인한 비태조계의 반발을 무마하기 위해 그들을 문무 관직에 종사할 수 있게 하였다. 태종은 삼군도총제, 총제, 동지총제, 판인녕부사, 편경승부사, 인녕 부윤, 경승 부윤 등 각 1직을 가설하고, 비태조계를 제수하였던 것이다. 그리하여 원윤이었던 이교는 봉작을 박탈당했지만 우군동지총제에 제수되고, 이후 일반 관료들과 같이 아무런 구애 없이 관직 생활을 할 수 있는 길이 열린 것이다.

사실 이 일은 이교의 집안으로서는 달갑지 않은 소식이었다. 부친 이화가 평생토록 왕실을 위해 쌓아온 공으로 이뤄온 모든 것이 무너지는 것과 다름없었다. 왕족으로서 누리던 모든 것을 빼앗기고, 고작 일반 관료가 되는 것이기에 더 참담한 소식이었다.

더군다나 이제 막 즉위한 젊은 왕(세종)은 무인의 기질을 별로 내켜하지 않는 기색이었다. 왕은 자신의 주변을 온통 책만 읽어대는 문인들로 가득 채워가기 시작했다.

부친의 제사 때마다 모인 형제들은 아버님께서 살아계셨더라면 결코 이런 일이 일어나지 않았을 것이다, 이제 저승에서 무슨 낯으로 아버님을 뵐 수 있겠냐, 집안의 몰락이 시작되었으니 어쩌면 좋겠냐, 고 탄식하며 침통해 했다.

그런데 이 와중에 이교만 신이 난 것이다. 그는 자신이 더 이상 왕족 대우를 받지 못해도 크게 괘념치 않았다. 더 신나는 일이 눈앞에 펼쳐져 있었기 때문이다. 지방 한직을 떠도는 일이 집안으로서는 굴욕적인 일이었지만, 이교에게는 조선 팔도를 다니며 지방 곳곳의 음식을 먹어볼 수 있는 절호의 기회였기 때문에 마다할 이유가 없었다. 어디 그뿐인가. 왕족으로서 명나라에 갈 길은 요원하지만, 관리가 되면 오히려 그 길이 열릴 수 있으니 자신이 명나라 음식도 맛볼 수 있을지 누가 알겠는가.

그는 행여라도 부친의 제사에서 실없이 웃는 모습이 들키지 않도록, 그래서 형제들의 심기를 건드리지 않도록 조심, 또 조심하고 있었다.

열흘 전 충청도로 파견된 후, 부리나케 짐을 푼 이교는 길복이와 영흥댁을 닦달하기 시작했다. 이곳에서 가장 맛난 음식이 무엇인지, 어느 주막의 국밥이 일품인지, 이곳을 대표하는 식재료는 뭐가 있는지, 알아 오라는 것이었다. 그리고 어제 길복이가 박씨를 물고 온 제비마냥 기특한 소식을 들고 왔다.

길복이는 붉은 단풍이 떨어지는 계절에는 마곡사에 꼭 가봐야 한다고 쫑알거렸다. 고기도 못 먹는 사찰에 뭐 그리 맛있는 음식이 있겠냐, 풀떼기가 다지, 라며 반문하던 영흥댁과 달리 이교는 퍼뜩 알아차렸다. 그게 두부라는 걸.

마곡사의 스님들은 콩을 직접 재배해서 가을에 두부를 만든다고 했다. 특히 두부를 만들 때마다 생기는 콩비지로 시래깃국을 끓여 먹는데, 그 고소한 맛이 일품이라 주막집의 국밥과는 비할 바가 아니라는 것이었다.

조정에서 보낸 관리가 이제 막 도착했다고 소문이 난 마당에, 함부로 사찰을 드나들 수도 없는 노릇이었다. 유교의 이념 위에 세워진 조선에서 왕실 사람이자, 관료인 자가 버젓이 사찰을 드나들었다는 소문이 퍼지기라도 하면, 곤장은 물론이요, 그전에 형제들이 거품을 물고 자신을 죽이려 들 거라는 생각에 이교는 몸을 부르르 떨었다. 자중해야 하는데, 뽀얗고 부드러운 그 맛이 궁금해 미칠 지경이었다.

"대감마님, 조금 번거롭더라도 차라리 변복을 하시면 어떨까요?"

주인의 조바심을 보다 못한 길복이가 말했다.

"아! 그런 방법이 있네요."

영흥댁도 거들었다.

"초라한…… 선…… 비? 영흥댁, 부탁해."

이교는 난감한 웃음을 지으며 말했다.

그 길로 쏜살같이 달려나간 영흥댁은 마을 초입에 사는 한미한 가문의 양반에게 두둑한 돈을 쥐어주고, 허름한 옷 세 벌을 구해왔다.

헉헉거리며 산을 오르던 이교가 마침내 마곡사에 닿자, 콩을 끓이는 고소한 냄새가 사찰을 가득 메우고 있었다.

오랜만에 스님들이 분주한 하루를 보내고 있었다. 모두들 직접 수확한 콩을 밤새 불려 콩물을 만든 뒤, 끓는 물에

넣어 눌어붙지 않게 젓고 있었다. 부처님께 불공을 드리
듯 엄숙하고 정성스러운 모습들이었다.

"흠흠, 저기…… 말씀 좀 묻겠소이다."

이교가 헛기침을 하자, 스님들의 시선이 그에게 일제히
향했다.

"길 지나는 과객이온데, 하루 쉬어갈 수 있을까요?"

"쉬시는 건 주막이 더 나으실 텐데, 어찌 이곳을 찾으셨
습니까?"

노승이 의아한 얼굴로 물었다.

"제가 낯을 많이 가리는 편이라서, 주막은 좀……."

이교가 얼렁뚱땅 둘러댔다.

"쉬어가시는 건 괜찮지만, 정녕 괜찮으시겠습니까?"

노승은 혹여라도 이곳에 들른 일로, 과객이 곤장이라도
맞을까 봐 걱정하는 기색이었다.

"걱정 마십시오. 제가 이곳에서 쉬었다는 건 일절 발설
하지 않겠습니다."

이교는 굳이 따라오겠다고 아우성치던 영흥댁과 길복
이를 떼어두고 오길 잘했다고 생각했다.

"그런데 많이 바쁘신가 봅니다."

이교가 노승의 어깨 너머를 빤히 쳐다보며 물었다.

"아…… 예. 오늘이 두부를 만드는 날이라서요. 우선 편

하게 안으로 드시지요."

노승이 자신의 처소로 이교를 안내했다.

쪼륵, 쪼르륵.

"얼마 전 덖은 차입니다. 맛 한 번 보시지요. 저녁엔 소
승들과 함께 두부 맛도 보시고요."

차를 내리는 노승의 손길에서 맑은 마음이 느껴지고 있
었다.

"아휴, 이렇게 큰 대접을 받아서 뭐라 감사를 드려야 할
지."

이교가 신나 죽겠다는 표정을 겨우 누르고, 차를 홀짝이
기 시작했다.

"승가에서는 어떤 음식을 주로 즐겨 드십니까?"

"……."

이교의 물음에 노승이 눈을 끔벅였다.

"아니, 별 뜻이 있어서 여쭌 건 아니고, 제가 평소 음식
에 관심이 많습니다."

"아…… 예. 승가엔 삼소(三笑)가 있습니다."

"삼소요? 그게 음식 이름입니까?"

"허허허. 삼소는 단출한 사찰 생활에서 소승들을 미소
짓게 하는 세 가지 음식이라는 뜻입니다. 국수와 떡, 그리
고 두부지요."

"그중 으뜸은 단연 두부겠습니다. 두부를 어떻게 만들어서 드십니까?"

이교는 품속에서 종이와 세필을 꺼내 들었다. 들은 걸 모조리 적어서 직접 만들어 보겠다는 일념으로 이곳에 들른 것이 아닌가. 맛보기 전에 이 중요한 일을 먼저 하지 않으면 안 되었다. 항상 그렇듯 그는 입속에 음식이 들어가는 순간, 그 맛을 음미하느라 모든 걸 잊어버리기 때문이다. 이번에도 그냥 돌아갔다가는 도끼눈을 뜬 영흥댁의 성화를 이겨낼 자신이 없었다.

노승은 참으로 별난 선비가 다 있다고 여기면서도, 오랜만에 찾아든 과객이 자신들의 음식을 귀히 여겨주는 듯하여 오히려 고마운 마음마저 들었다.

"콩비지로 시래깃국도 끓여 먹고, 두부장아찌를 만들기도 합니다."

"두부장아찌는 어떻게 만드십니까?"

"두부를 썰어서 소금을 뿌려 물기를 빼고, 노릇하게 부쳐 식힌 후 끓인 간장물에 담가 놓습니다. 하루가 지나면 먹기 시작해서 한 달 정도 저장해놓고 먹을 수 있지요. 주로 아침 발우공양('발우'라는 나무 그릇을 사용해서 행해지는 식사법) 때 상에 올립니다."

노승은 세세히 적는 선비의 모습을 한참 동안 바라보았다.

"제가 이상하다는 거 잘 압니다, 스님. 제가 불공에는 관심도 없고, 오로지 먹는 것에 빠져있어 참으로 부끄럽습니다만…… 사실 저는 오늘 두부를 먹어볼 생각에 가슴이 들뜹니다. 두부는…… 참으로 멋진 음식인 것 같습니다."

"두부는 오덕(五德)을 갖춘 음식이기도 합니다. 부드러운 맛이 일덕이요, 은은한 향이 이덕이요, 아름다운 색이 삼덕이요, 반듯한 모양이 사덕이요, 먹기에 간편함이 오덕이라 여겨지지요. 선비님께서는 왜 두부를 멋진 음식이라 여기십니까?"

"살생하지 않고도 감탄할 만한 맛을 내고, 부처님 공양에까지 오르니 그 뜻이 귀하지 않습니까? 어디 그뿐입니까? 고기를 드시지 못하는 스님들께 기력을 제공하기까지 하니 참으로 귀한 음식이 아닙니까?"

"오늘 오시길 참으로 잘하셨습니다, 선비님."

이교는 두부 한 번 먹어보겠다고 공무도 홱 제쳐버린 채, 치밀하게 변복까지 하고 왔다는 말을 차마 하지 못했다. 이토록 맑은 마음 앞에 그런 철딱서니 없는 말을 내뱉을 수가 없었다.

그리고 심지어 두부를 먹는 내내 눈물을 찔끔 흘릴 뻔했다. 너무 맛있었다. 그토록 두부 맛에 홀딱 빠진 선비가 떠날 때, 노승은 그의 품에 콩비지를 안겨주었다.

해미읍성의 골칫거리

    조선 초기에 충청병마절도사영(忠淸兵馬節度使營)은 원래 덕산에 설치되었었다. 그러나 왜구의 잦은 침략에 대한 방비와 해안의 수호가 중시되면서 태종 17년 이후 해미(海 美)로 이설되었다.

    해미가 덕산 대신 새로운 병영지로 선택된 데에는 이 지역이 해안에 접경한 것은 물론이고, 이산, 순성, 남포 3진의 중간 지점으로서 군사적으로 효율적이었기 때문이다. 이후 해미읍성은 서해안 일대의 여러 고을을 지키는 수호처로서의 입지가 강화되었다. 또한 해미는 이름처럼 바다를 끼고 있는 아름다운 고을이었고, 가야산을 병풍으로 삼은 천수만에 안정적으로 자리 잡고 있어 천혜의 물산과 수로(水路)를 활용한 문화적 풍요를 누리는 곳이었다. 한마디로 말해, 해미읍성은 조선을 지키는 강력한 수군의 주둔지요, 천혜의 물산으로 백성들의 삶이 풍요로운 곳이란 뜻이다.

그런데 이토록 자랑스러운 곳에 기막히게 황당한 관리가 부임해 왔다.

평사(評事) 황석현은 요즘 충청병마절도사로 내려온 이교의 기이한 행태에 고개를 내젓고 있었다. 강력한 수군의 수장으로서는 한없이 모자라 보이는 자, 공무를 처리하는 탁월한 능력이 있어 뵈지도 않고, 뛰어난 무공이 있어 뵈지도 않는 자가 떡 하니 동헌(東軒, 병마절도사의 집무실)을 차지하고 있는 것이다.

두 달이 넘도록 눈 씻고 찾아봐도 수장으로서의 재능이 없는 그에게 놀랄 만한 재주가 있었으니…… 바로 동헌에는 코빼기도 비치지 않고 내아(內衙, 관리와 가족들이 생활하던 살림집) 텃밭에서 와거(萵苣, 상추) 기르기, 공무 시간에 사라져서 저잣거리를 휘젓고 다니기, 저자에서 사온 식재료를 들고 하루 종일 정지에 처박혀 있기, 그리고 그 재료들로 세상에 보도들도 못한 음식을 만들어 내는 재주였다.

황 평사는 하루 종일 이교가 비워둔 관아에서 그 대신 일을 처리하느라 죽을 지경이었지만, 이교는 아랫사람들을 그저 믿으며 빙글거리기만 했다. 황 평사는 기이한 상관을 만난 탓에 날마다 발바닥에 불이 날 지경이었고, 시도 때도 없이 튀어나오는 욕지거리를 참느라 늘 얼굴이 벌게져 있었다.

　오늘은 병력과 군수 물자의 보관 실태를 작성해서 조정에 장계를 올려야 하는 중차대한 업무가 있는 날이다. 이교가 동헌에 꼭 붙어 있어야 하는 날인 것이다. 황 평사는 입청하기도 전에 벌써 머리가 지끈거렸다.

　"휴, 오늘은 어디서부터 찾아다녀야 하나…… 우이씨."

　한편 간만에 일찍 일어난 이교는 텃밭 주변을 부스럭대며 걸어다니고 있었다.

　"대감마님, 조반 준비되었어요."

　영흥댁이 가벼운 콧소리로 식사 시간을 알렸다.

　"응, 나도 거의 다 했다네."

　이교가 텃밭에서 손수 기르고 있는 와거를 한 소쿠리 따서 건네주자, 영흥댁이 재빠르게 씻어왔다. 밥 냄새를 맡는데 도가 튼 길복이도 헐레벌떡 합류했다.

　참으로 말도 안 되는 조합이었다. 왕족의, 아니 어엿한 사대부의 밥상머리에 천한 종놈과 늙다리 유모가 합석하는 광경이라니.

　이교는 지방으로 파견될 때마다 본가 식구들은 한양 땅에 두고, 항상 이 두 사람만 데리고 다녔다. 자신이 무슨 일을 해도 그저 철석같이 믿어주고, 함께해 주는 두 사람이 없었다면 숨 막히는 집안에서 견뎌내지 못했을 것이다. 영흥댁과 길복이 역시 후덕한 주인을 만나 팔자 좋은 종놈 생활을 누리고 있었다. 대체 어떤 사대부가 고급진 음식을 나눠 먹으며, 제 혈육인 양 마음 써 주겠는가 말이다.

"오메, 오늘은 귀한 음식이 놓여있네요. 흐흐흐."

길복이가 침을 질질 흘리며 장똑똑이(장조림)를 바라봤다.

"길복아, 오늘의 핵심은 그게 아니라, 이거다."

이교가 와거 한 장을 손에 들고 팔랑거렸다.

"그게 다가 아니죠, 대감마님. 이것도 꽤나 중요하지요."

영흥댁이 파뿌리를 된장에 콕 찍어들고 웃었다.

그렇게 세 사람은 와거 한 장 위에 밥과 장똑똑이, 그리고 파뿌리를 정성스럽게 올리고 아작아작 씹어먹고 있었다.

"우와, 진짜 맛있네요."

길복이가 무릎을 탁, 치며 감탄했다.

"마치 뭐랄까…… 누에가 조금씩 잎을 갉아먹는 듯도 하고, 콩깍지를 삭삭 씹는 듯한 그런 식감이지?"

"어머, 대감마님! 어쩜 그렇게 멋진 표현을 생각해 내셨어요? 맞아요, 딱 그거예요!"

영흥댁이 삐져나오는 밥알을 입으로 가리며 소리쳤다.

그렇게 낄낄대며 세 사람이 와거반을 먹고 있을 때, 심상치 않은 숨소리가 들려왔다.

헉, 허헉, 허허헉.

"나으리, 여기 계셨습니까?"

황 평사가 땀을 비 오듯 흘리며 찾아왔다.

"아니, 황 평사! 이른 아침부터 웬 땀을 그리 흘리는가? 몸이 그리 부실해서 어찌하나?"

이교가 걱정 어린 목소리로 말했다.

황 평사가 새벽같이 일어나 그를 찾으러 저잣거리부터 오만 데를 다니느라 그렇다는 말을 하려던 찰라, 이교가 냉큼 그의 입속에 와거반을 넣어주었다.

"뭘 하나? 씹지 않고."

"예에?"

뭐 이런 경우가 다 있나 싶어 불퉁대던 황 평사는 아삭아삭한 와거와 쫄깃한 장똑똑이 맛에 눈을 크게 떴다.

"맛있습니다, 나으리!"

"그지? 진짜 맛있지? 이거 내가 텃밭에서 직접 딴 거네. 자네 주려고."

이교가 빙글거렸다.

이게 문제였다. 황 평사는 공무를 소홀히 하는 이교 때문에 속을 끓이다가도 한 번도 끝까지 분노를 표출시켜 본 적이 없었다. 그가 불쑥 내미는 음식에 거짓말처럼 화가 수그러들었기 때문이다.

"어째…… 하나 더 맛볼 텐가?"

이교의 손짓에 이제 밥상머리에 한 명이 더 엉겨붙게 되었다.

"와거반이 아무리 맛있어도, 오늘은 안 봐 드릴 겁니다. 오늘만큼은 꼭 동헌에 계셔야 합니다. 잊지 않으셨죠? 오늘 조정에 장계 올리셔야 되는 날입니다, 나.으.리."

황 평사가 와거반을 꼭꼭 씹어먹으며 힘주어 말했다.

"먼저 황 평사가 군사 검열하고, 물자 보관 실태 파악해 놓으시게."

"저…… 혼자서요?"

"그럼! 그 정도 일은 능력이 출중한 황 평사가 코딱지 파듯 쉽게 처리할 수 있지 않은가? 내가 황 평사를 아주 많이 믿네. 알지?"

만약 능력 있는 절도사가 이런 말을 해 줬더라면 황 평사의 심장은 미친년 널뛰듯 뛰었을 것이다. 그리고 자신의 능력을, 자신의 충정을 입증하기 위해 뼈를 깎을 기세로 공무에 임했을 것이다. 하지만 그저 껄렁한 인사치레로, 자신에게 일을 몰아주는 이교의 심보에 황 평사는 맥이 빠졌다. 조정에서 내려온 절도사를 동아줄 삼아 중앙으로 진출해 보려던 그의 꿈이 와자작, 깨지고 있었다.

"시키시는 일은 차질 없게 마무리해 놓겠습니다만……제발 장계는 손수 쓰셔야 합니다."

"그럼, 그럼. 염려 말게. 내 그 정도는 당연히 할 것이네."

"그나저나 대감마님, 오후에는 어디로 가실 것입니까?"

길복이가 무심코 물었다.

"음…… 오늘은 충청도의 명물을 탐색하러 가려고."

"예에? 그건 또 뭔데요?"

영흥댁이 호기심을 내비쳤다.

"가자저(茄子菹, 가지 김치), 흐흐흐."

"가자로 침채(김치)도 담아요? 제 평생 그런 뚱딴지 같은 말은 처음 듣는데요."

"나도 맛이 참 궁금해. 원래 가자가 조금 알싸한 끝맛이 있잖아. 엊그제 탱자골 주막에서 주모가 하는 얘기를 들어보니, 만드는 방법은 장지(醬漬, 된장이나 간장에 절인 짠지)하고 비슷하더라고. 첫서리가 내린 후에 가자를 십자로 갈라서 끓는 물에 먼저 데쳤다가 말리는 게 중요하대. 그리고나서 파하고 마늘을 곱게 다져서 십자로 가른 한 가운데 넣고, 간장 한 사발과 참기름 다섯 홉을 섞어서 진하게 끓여 붓는다고 하더라고."[4]

"음…… 알싸한 맛을 없애려고 살짝 데치는 것 같긴 한데, 간장에 참기름을 섞어 붓는다는 게 조금 특이하긴 하

---

4) 《산가요록》의 기록 참고.

네요."

영흥댁이 궁금하다는 표정으로 고개를 주억거렸다.

세 사람의 대화에, 먹으면서 또 먹는 걸 주절거리는 그 시답잖은 대화에, 황 평사는 한숨을 내쉰 뒤 횡하니 사라졌다. 젠장…… 오늘도 글렀다, 는 표정으로.

명(明)나라 사신의 횡포

　이른 아침부터 모인 대신들은 착잡한 심정이었다. 그
간 숱하게 참아온 명나라 사신들의 횡포가 극에 달해 있
었고, 그들의 행태를 참아오던 왕의 인내심도 바닥났다는
걸 알았기 때문이다.

　쿵쾅대며 들어오는 왕의 발걸음에서 이미 대신들은 단
단히 각오를 해야 했다. 오늘의 안건은 밤새도록 끝나지
않을 것이 확실했다.

　"휴우……."

　적막한 정전에 노신들의 한숨소리가 들어차고 있었다.

　"짐은…… 한없이 형편없는 명 사신들의 자질이 심히
걱정이오. 우리 조선을 얼마나 얕잡아 보기에 가당치도
않은 자들을 사신으로 발탁하는 것인지, 쯧쯧. 황제의 칙
사로 오는 자들의 수준이 겨우 저따위라니."

　왕의 말이 험해지고 있었다.

대신들은 왕의 심정도 충분히 이해할 수 있었다. 작년 가을, 사신 이상은 가는 곳마다 번번이 사람들을 때렸다. 자신의 성정에 거슬리는 일이 있으면 주변 사람들을 죄다 팬 것이다. 심지어 조정 관료 중에도 그에게 뺨을 맞은 이들이 있었다.[5]

그 전에 온 사신 창성은 심지어 도벽이 심한 자였다. 조선 관아에서 은그릇과 식기들을 거리낌 없이 빼앗아 갔을 뿐만 아니라, 민가에서 말[馬]을 빼앗기도 했다.[6] 그는 양국 조정 간에 공식적으로 이루어지는 조공과 회사(回賜, 답례품)와 관계없는 물건들을 요구하기까지 했다.

그런데 이번에는 그들보다 더 악질인 자가 사신으로 온 것이다.

"쳇, 이번에 온 놈은 아주 더 가관이더군. 그래서 지금 그자가 함경도에서 서신을 띄웠다는 것이오?"

"예, 그러하옵니다. 자신들이 겨울을 날 수 있도록 물품을 지원해달라는 내용이었사옵니다."[7]

좌의정 맹사성이 머리를 조아리며 고했다.

"윤봉은 화자(火者)이면서 어찌 고국에 이토록 횡포를 부

5) 《세종실록》 11년 8월 12일 기록 참고.
6) 《세종실록》 11년 6월 19일 기록 참고.
7) 《세종실록》 13년 1월 16일 기록 참고.

린단 말이오? 그자가 버젓이 요구하는 해동청은 지금 씨
가 말라가고 있질 않소? 모두가 다 알고 있거늘, 어찌 그
자는 뻔히 알면서도 생떼를 부린단 말이오?"

윤봉은 화자였다.

화자는 거세한 어린 남자로, 대국에 보내진 환관 후보자
들이었다. 이들은 본래 조선의 천민 혹은 평민 출신이었
으나, 영민한 덕분에 황제의 총애를 받고, 고관이 되기도
했다. 통변(통역)을 거치지 않고도 소통이 가능하고, 조선
과 명 양국에 대한 이해도가 높으며, 자신이 모시는 황제
의 의중을 누구보다도 잘 알기에 조선에 사신으로 파견되
기도 했다. 이들은 대체로 공녀나 사냥용 매, 개 등 조공품
의 검수와 수송을 담당하였다.

그러나 신분 상승 후, 조선을 방문한 화자들은 자신들
을 낯선 땅에 보낸 조선에 대한 억울함 때문에 극심한 행
패를 부리기 일쑤였다. 황제의 명(命)을 사칭하여 물건을
탈취하고, 논밭을 요구하기도 했으며, 자신의 친인척에게
관직을 하사해달라고 요구하기도 했다.

윤봉도 이들 중 하나였다. 조선에 있을 때 몹시 가난하
고 천했는데, 명나라 영락제 재위 당시 발탁되어 지금껏
세 명의 황제를 모시고 있었다. 지금 그는 황제에게 바칠

매를 잡겠다며 함경도까지 와서 소란을 피우고 있는 중이었다. 그는 군사들과 사냥꾼 수백 명을 이끌고 와서 조선 조정을 겁박하고 있었다. 자신들이 해동청을 사냥하기 위해 조선에 머무는 동안 겨울을 날 수 있도록, 잔말 말고 수발을 들라고 서신을 띄운 것이다.

안 그래도 요즘 왕의 가장 큰 고민거리는 바로 '해동청'이라는 매였다. 해동청은 푸른 빛을 띠는 매로, 사냥 능력이 뛰어나 특별히 훈련 시키지 않아도 봉황의 새끼나 고니, 기러기, 황새, 토끼를 잡았다. 오죽하면 태조 이성계는 응봉산에 응방(鷹坊, 매 사육과 매사냥을 담당하던 관청)을 설치하고 매사냥을 즐길 정도였고, 태종은 정사는 뒤로한 채 7일동안 매사냥을 즐기기도 했을까. 이처럼 조선의 해동청은 왕실의 사랑을 받는 최고의 사냥 매였고, 그 명성이 명나라에까지 알려져 황제들이 특히 좋아하는 조공품이 되었다.

그런데 이 해동청을 구하기가 갈수록 어려워졌다. 왕은 명나라에 보낼 해동청을 잡기 위해 함길도와 평안도에 장수들을 파견했으나, 그해 10월까지 한 마리도 잡지 못한 상황이었다. 그런데 저 윤봉이란 놈이 황제를 사칭해 제 욕심을 채우려 매를 잡겠다고 온 것이다.

"어찌하면 좋겠소? 현안들을 내주시오. 내 심정 같아서는 곤장을 실컷 쳐서 정신이 번쩍 들게 해 주고 싶소만. 그래도 그놈이 조선의 피를 갖고 태어나지 않았소? 조선 백성으로 하도 경거망동하기에 왕으로서 몇 대 때려줬다고 하고 싶은 마음이 굴뚝같소만."

왕이 분을 삭이며 씩씩거렸다.

"전하, 잘 대우해서 보내심이 옳은 줄로 아옵니다."

영의정 황희가 아뢰었다.

"왜 그래야 하오?"

왕이 삐딱한 자세로 물었다.

"윤봉이 환국해서 거짓 보고를 하게 되면, 오히려 조정에 더 큰 근심거리가 생길 것이옵니다."

"대체 언제까지 저 무도한 자들의 뜻을 따라줘야 한단 말이오?"

"전하, 어쨌든 명나라가 교역에 있어서 다른 동맹국들에 비해 조선을 우대하고 있다는 사실을 잊지 마소서. 《대명회전》에 따르면, 명나라는 유구왕국과는 2년에 한 차례, 안남국(베트남)과 섬라곡국(태국)과는 3년에 한 차례, 그리고 왜국과는 10년에 한 차례만 교역을 하옵니다. 하온데 조선과는 해마다 서너 차례 왕래를 이어가고 있사옵니다. 사실 명나라는 조선 조정에서 보낸 조공보다도 더 많은 회사(回謝)를 보내고 있사옵니다. 분명 국익에 큰 손실을 보는 일인데도 조선을 우대하는 데에는 그 이유가 따로 있지 않겠사옵니까?"

황희가 조목조목 짚으며 실상을 아뢰었다.

"그렇소. 바로 보았소. 저들이 막대한 손실이 있으면서
도 우리를 우대한 것은 바로 여전히 건재한 원의 세력과
여진족의 발호를 막고자 함이오. 그러기 위해서는 조선의
도움이 절실할 테니까 말이오. 지금이라도 우리가 북방
세력과 손잡고, 명국에 도전할 수도 있다는 것을 알기 때
문이 아니겠소?"

"지당한 말씀이십니다. 명이 조선을 우대하면서도 사신
들의 횡포를 방치하는 것은 바로 조선을 의심하기 때문이
옵니다. 그러니 저들은 더더욱 조선이 황제의 사신을 어
떻게 대우하는지 살필 것이옵니다. 조선의 사신 대우가
박하다 싶으면, 괜히 트집을 잡아 압박을 가해올 것이옵
니다. 아직은 참고 돌려보내셔야 할 때이옵니다."

좌의정 맹사성이 힘주어 말했다.

"조선을 우습게 보지 못하도록 다른 방안을 생각해 내
야 하오. 오늘부터 그대들은 단 한 순간도 이를 잊어서는
안 될 것이오. 짐은! 반드시 명의 힘에 휘둘리지 않는 조선
을 이룩하고야 말 것이오. 조선이 춘추시대(春秋時代) 노(魯)
나라의 위상을 갖출 수 있도록 반드시 그 해결책을 찾고
야 말 것이오."

노(魯)나라는 각 나라의 힘의 우열이 명확했던 춘추시대에 주(周)나라 황실을 포함한 모든 제후국으로부터 예우받았던 유일한 제후국이었다. 그토록 작고 힘없는 나라가 그런 대우를 받았던 이유는, 주공 때문이었다. 주나라를 창립한 무왕이 갑작스런 죽음을 맞이했을 때, 그의 동생 주공이 어린 조카의 황위를 찬탈하려는 모든 세력을 제거하고, 성심껏 섭정하여 주나라의 기틀을 공고히 다졌기 때문이다. 마침내 주 황실이 확고히 자리를 잡았을 때, 황제는 그동안 자신을 보필했던 주공과 그 후손들에게 노나라 땅을 하사했다. 온 천하가 노나라를 예우했던 것은 주공이 주 나라를 위해 이룩해낸 놀라운 '제도'와 눈부신 '문물'을 기리기 위함이었다.

　작지만 무시할 수 없는 나라, 힘으로는 대국에 맞설 수 없지만, 그들이 머리 숙여 경의를 표할 만한 나라, 그게 왕이 꿈꾸는 조선이었다.

천재 소년

집안 어른들의 조반을 일일이 점검하고, 숭늉까지 올린 권씨 부인은 이제 막 안채에 들어 한숨을 돌리려던 참이었다. 그녀는 이제 곧 한 해 먹을 장(醬) 담을 시기가 다가오고 있어 광 살림을 꼼꼼하게 점검하고, 아랫사람들을 신칙하느라 바쁜 나날을 보내고 있었다.

오랜만에 차분히 앉아 차도 마시고 쉬려던 찰라, 다급한 음성이 들려왔다.

"마님! 마님! 큰일 났습니다요."

행랑아범이 다급한 듯 소리를 질렀다.

"무슨 일이길래, 이리 소란인겐가?"

"도련님이, 도련님이⋯⋯ 이거⋯⋯."

행랑아범은 서신 한 장을 권씨 부인에게 내밀었다.

어머님, 소자는 뜻하는 바가 있어 당분간 길을 떠납니다.

너무 심려치 마세요. 건강히 돌아오겠습니다.

"이, 이런! 괘씸한 녀석. 행랑아범, 이 서신 언제 발견한
겐가?"

"반식경(15분) 정도 되었습니다. 만춘 에미가 도련님 방
청소하러 들어갔다가……."

"멀리 가지는 못했을 것이니, 어서 찾게. 너무 소란 떨지
는 말아야 할 것이네."

권씨 부인의 목소리가 떨리고 있었다.

권씨 부인은 조선의 학계와 문단을 주도했던 권근의 딸
이었다.

권근은 고려 말 이색과 정몽주의 문하에서 수학했던 인
재로, 성리학에 조예가 깊었고, 문장에도 능했다. 경학과
문학의 양면을 잘 조화시키는 인물로, 당대 최고 학자이
자 문장가로 손꼽히던 사람이었다.

또한 그의 아우, 권우는 충녕대군이 갑작스레 세자로 책
봉되었을 때, 세자의 교육을 담당했을 정도로 권씨 집안
의 학문적 소양은 당대 최고로 칭송받았다.

집안의 든든한 배경 덕분에 권씨 부인은 시집와서도 눈
칫밥을 먹거나 주눅 들어 산 적이 없었다. 집안 어른들도

귀한 집안에서 데려온 며느리를 귀애해 주었고, 그녀가 첫딸에 이어 맏아들까지 낳자 더할 나위 없이 기뻐했었다. 그런데 양가 어른들의 기쁨은 막내가 태어나자 배(倍)가 되었다.

싹수 좋은 놈이 태어난 것이다.

서씨 집안의 막내, 서거정은 작고한 권근의 문장 실력을 가장 많이 빼닮은 손자였다. 권우는 권씨 집안에서 그 문재(文才)를 타고 나지 않은 게 못내 아쉬웠지만, 외손이면 어떠랴, 어차피 반은 권씨의 피가 흐르는 것을, 이라며 애써 아쉬움을 달래던 참이었다.

옹알이가 끝난 서거정의 문재가 집안 사람들의 눈에 띈 것은 여섯 살 때부터였다. 천방지축으로 뛰어다니던 사내아이는 겁도 없이 외조부의 서재에 드나들었다. 밖에서는 망아지마냥 뛰어다니던 아이는 외조부가 남긴 시를 읽을 때면 점잖은 모습으로 미소를 지으며, 그 옆에 시(詩) 비스무레한 것을 끄적거려 놓았다. 그 낙서를 처음 발견한 것은 권우였다. 여섯 살 꼬마가 지었다고는 믿어지지 않는 시가 적혀 있었다. 그 뒤로 꽤 오랜 시간 권우는 형님이 지은 시를 일부러 펼쳐 놓았다. 그러면 그다음 날은 어김없이 꼬마의 서체로 시가 쓰여 있었다. 서거정의 재능에 권우는 전율했다.

오랜 세월 최씨 집안 무인들이 권력을 휘두르던 고려가 망하고, 또다시 무인이 세운 조선에서 갑작스레 책벌레 충녕대군이 세자가 되고, 그가 마침내 보위에 올랐을 때 권우는 속으로 쾌재를 불렀었다.

'드디어 문인의 세상이 열리겠구나. 우리 집안이 조선의 문단을 이끌어갈 수 있겠구나. 아…… 형님께서 살아계셨더라면 얼마나 좋았을까…….'

그리고 어린 서거정의 재능에 남몰래 혀를 내두르던 권우는 조카사위 서미성을 찾아갔다. 권우가 앞으로 크게 쓰여 집안을 일으킬 아이니, 자신이 한 번 가르쳐보겠다는 말을 꺼냈을 때, 서미성은 잔잔히 웃었다. 그리고 그 뒤 막내아들을 오래도록 처가에 두었다.

서거정은 외가 어른들이 들려주는 외조부의 능력과 집안의 배경이 늘 뿌듯했고, 기라성같은 외숙들과 함께 학문을 익히는 것도 좋았다. 하지만 아이가 외가를 특별히 좋아했던 이유는 따로 있었다. 외가의 음식이 너무 맛있었기 때문이다. 아이는 외가에서 자라는 동안 통통하게 살이 올라 있었다.

아이는 자라면서 타고난 시재도 농익기 시작했다. 해맑은 아이는 소재에 제한되지 않는 시를 지을 줄 알았다. 길을 걸으면서도, 밥을 먹으면서도, 글을 읽으면서도, 심지어 잠자리에 들면서도 툭, 치면 시구(詩句)가 술술 새어 나올 정도였다. 아이는 보고 듣고 느끼는 모든 것들에 생명을 불어넣는, 그야말로 생동감이 넘치는 시를 짓고 있었다.

흐뭇하게 아이의 성장을 바라보던 권우는 새로운 다짐을 하기 시작했다. 그리고 다시 아이의 아비를 만났다.

"거정이는 놀라운 아이일세. 시재는 이미 타고났고, 지금껏 충분히 증명해 보였으니, 이제는 경사(經史)를 익혀 과거 준비에 박차를 가할 때가 된 듯하네."

외숙의 말을 전해 들은 권씨 부인은 어리다고만 여겼던 막둥이가 어느새 다 커버렸다는 생각에 뿌듯하면서도 아쉬움이 밀려들었다.

하지만 아쉬움도 잠시, 문제는 그때부터 시작되었다. 시(詩)가 아닌 경문 공부에 돌입하자마자, 아이가 방바닥에 대자로 뻗어버린 것이다. 사서삼경은 그야말로 달달 외워서 아무 때나 꺼내 쓸 수 있도록 머릿속에 넣어야 한다는 외숙들의 엄포에 기가 질린 아이는 식은땀을 흘리며, 식욕을 잃어가고 있었다. 시를 지을 때는 그토록 초롱초롱 빛나던 눈빛이 경문을 읽을 때는 썩은 동태 눈깔마냥 흐릿해져 있었다.

"그리도 싫으냐?"

"예, 싫습니다. 재미가 하나도 없습니다."

아비의 물음에 소년이 울먹였다.

"그럼, 그만 두거라."

"그래도 됩니까, 아버님?"

"그럼. 그래도 되지. 하지만 거정아, 지혜롭게 해결책을 찾아보아라. 무작정 뻗어버리고 떼쓰는 건 철부지 아이나 하는 짓이다. 그리고 네가 타고난 그 재능은…… 네가 아직 어려 잘 모르겠지만, 참으로 대단한 것이란다. 아비 말 뜻 알아들었느냐?"

서미성이 어린 아들의 눈을 가만히 들여다보며 웃었다. 그 재능이 내게 있었다면, 난 세상을 다 얻은 느낌이었을 것이다, 라는 말이 입속에서 맴돌았다.

"예, 아버님. 오늘부터 소자가 의젓한 방법을 찾을 것이옵니다."

아이는 다과상 위에 놓인 깨강정을 아작아작 씹어먹으며 골똘히 생각에 잠겼다. 그 뒤로 서거정은 외가 어른들의 뜻을 착실히 따라, 경문을 줄줄 외우고 진지하게 공부에 임했다. 그러고는 딱, 어른들이 안심할 정도가 되면 홀연히 사라지는 기괴한 행동이 이어지고 있었다. 어느 때는 한 달 만에 돌아오기도 했지만, 또 어떤 때는 석 달이 지나도 감감무소식이었다. 모두가 애간장이 타들어 갈 즈음 버젓이 나타나, 아무 일도 없었다는 듯이 다시 공부를 시작하곤 했다.

혼을 내려고 벼르고 있던 집안 어른들도 할 말을 잃은 채 꿀 먹은 벙어리가 되었다. 사라진 기간 동안 손에서 서책을 놓았으니 얼마나 손해가 막심하냐, 는 얼굴로 어려운 질문을 퍼부어도, 그가 망설임 없이 척척 대답하자 헛기침만 잔뜩 할 수밖에 없었던 것이다.

멀쩡하게 공부에 매진하다가도, 뚝딱 사라져서 실컷 놀다 온 녀석이 실력이 녹슬기는커녕 발전해서 돌아오니 어른들은 눈만 끔벅인 채 막을 방도를 생각해 내지 못했다.

이즈음 되자, 가장 속이 타는 건 권씨 부인이었다. 눈에 넣어도 안 아플 막둥이에게 역마살이 끼는 듯해서 불안했던 것이다. 이대로 두면 안 되겠다고 다짐하고 있던 즈음, 오늘 또 이 사달이 난 것이다. 어른들의 근심을 알 턱 없는 서거정은 올해로 열다섯이 되어 관례를 치렀다.

툭하면 사라지던 그는 봇짐 하나 달랑 메고, 이곳저곳을 떠돌아다녔다. 조선 팔도 저잣거리부터 민가에 이르기까지 두루두루 다니며 사람들을 사귀고, 맛있는 음식이 있으면 물불을 가리지 않고, 찾아다니며 먹고 있었다. 그렇게 혀를 내두를 정도로 맛난 음식을 먹고 나면, 굳이 애쓰지 않아도 입에서 시가 절로 나오곤 했다.

원래 그는 올해 봄부터 초가을까지 착실히 집에 붙어 있다가 알록달록 단풍이 들면 떠날 계획이었다. 그런데 얼마 전 아주 황당한 소문을 듣고 나서는 글자가 머릿속에 하나도 들어오지 않고 있었다. 충청도 병영에 맛있는 음식이 넘쳐나고 있다는 소문이었다.

어느 댁 반빗아치의 솜씨가 좋더라, 어느 주막 국밥이 일품이더라, 어느 저잣거리 좌판에 놓인 머릿고기가 최고더라, 라는 소문을 들어오던 그는 고개를 갸우뚱했다.

'충청도 병영에 맛있는 게 있다고? 왜지? 왜 병영에 맛있는 게 있을까? 이상하네…….'

가봐야 했다. 가보지 않고서는 확인할 길이 없었다. 탁, 서책을 덮은 서거정은 그 길로 서신 한 장만 달랑 남기고 길을 떠났다.

기똥찬 판결

한양에서 충청도 병영으로 내려가면서 서거정은 콧노래를 멈추지 않았다. 소맷자락에서 잘그랑거리는 엽전을 꺼내 호박엿도 사 먹고, 각종 주전부리도 오물거리며 떠나는 길이 신나기만 했다. 막 얼굴을 내민 꽃봉오리를 보며 시도 읊조리고, 머리끝에 해가 머물면 잠시 바위에 걸터앉아 땀을 식히기도 했다.

그렇게 쉬다 보면 간혹가다 횡재를 만나기도 한다. 바로 봇짐장수나 등짐장수들을 만나는 것이다. 이들을 만나면 아무리 먼 길이라도 심심할 새가 없다. 조선 팔도를 다니며 겪은 일들이며, 입맛을 사로잡았던 음식이며, 심지어 깊은 산속에서 호랑이를 맞닥뜨린 얘기까지 모조리 들을 수 있었기 때문이다. 그들은 앳되어 보이는 선비에게 깍듯하면서도 아들이나 조카를 챙기듯 그를 살뜰히 보살펴주곤 했다. 그리고 마지막 헤어지기 전에는 어느 마을 주막에 들러 자신의 이름을 대고, 빈대떡을 공짜로 얻어먹으라고, 그러면 자신이 올라가는 길에 셈을 하겠다고 인심을 쓰는 일이 다반사였다. 서거정은 사람들의 이런 호의가 너무 따뜻했다. 그래서 기행(奇行)을 멈출 수가 없었던 것이다. 지루한 서책의 내용이 목구멍까지 차오르기 시작하면 그는 따뜻한 호의에 목말라 더 이상 참을 수가 없었던 것이다.

'오늘은 글렀나 보군…….'

혹여 그들을 만날 수 있으려나 기대했던 그는 도포자락을 털며 다시 길을 재촉했다.

하지만 막상 도착한 충청도 병영은 이상하리만큼 고요했다. 모름지기 병영이란……. 평시에는 군사 훈련을 하고, 무예 연습을 하는 곳이다. 군사들을 대동하고 도내의 각 진(陣)을 순찰이라도 해야 하는 곳이다. 그도 아니면, 군수 물자를 관리하고 보관 상태를 점검이라도 해야 하는 곳이다. 머리에 새파랗게 피도 안 마른 어린놈이 알기로도 병영은 그런 곳이다.

그런데 무슨 일인지 이곳은 적막하리만큼 고요하다. 군사들은 코빼기도 안 보이고, 아전들만 종이 뭉치를 들고 뛰어다니느라 바쁜 듯했다.

어디 그뿐인가. 충청 병영엔 매일같이 맛있는 냄새가 솔

솔 풍긴다더니, 모두 허언이었나 보다. 음식 냄새는커녕 정지로 드나드는 인적조차 없어 보이니 말이다.

'이를 어쩐다…….'

서거정의 얼굴에 실망의 빛이 역력했다.

그때였다. 황 평사가 다급한 발걸음으로 마당을 가로지르고 있었다.

"흠흠, 이리 오너라!"

서거정은 목소리를 가다듬고 어엿하게 외쳤다.

지나가던 황 평사는 고개를 잠시 돌릴 뿐, 다시 걸음을 재촉했다.

"잠시 묻겠소. 나는 이곳 절도사 나리를 만나러 한양에서 내려왔소."

"……."

성큼성큼 걸어와 서거정의 행색을 살피던 황 평사의 얼굴에 의문이 가득했다.

"그, 그러니까 나는 한양에서……."

"가족이십니까?"

"아, 아니. 가족은 아니고……."

"나리께선 오늘 중한 업무가 있으시니, 다른 날 오시오."

안 그래도 바빠 죽겠는데, 한양에서 왔다는 어린놈까지 세세히 상대해줄 수가 없던 황 평사는 곧장 가던 길을 갔다.

"휴…… 오늘 밤은 어디서 쉬어야 하나? 이미 발을 들여놨으니, 순순히 물러갈 수는 없지. 흐흐흐."

서거정은 멀리서 마당을 쓸고 있던 길복이를 급히 불러, 저분께서 절도사 나리를 만날 때까지 이곳에 유하라고 허락해 주셨다며 황 평사의 뒷모습을 가리켰다. 그리고 천연덕스럽게 귀한 객이 쉬어가는 방 하나를 내아 쪽에 떡하니 얻어냈다.

한편 맨날 놀고먹던 이교에게 오늘 중한 업무가 있는 건 사실이었다. 그는 오늘 꼭 해결해야 할 문제가 있었다. 바로 수군(水軍)들의 잦은 병영지 이탈에 관한 사안이었다.

조선 초 왜구의 침입이 잦아지면서 해안 방어의 중요성이 부각되자, 조정은 각 도마다 주요 거점에 수군진을 설치했었다. 그런데 당시 정병(正兵, 육군)은 8번 2삭상체로 운영되어 1년 중 약 3개월만 복무하면 되었다. 그에 비해 수군은 2번 1삭상체로 운영되어 1년 중 복무기간이 6개월이었기 때문에 가장 고된 군역이라고 여겨졌다. 그리하여 수군은 타군에 비해 늘 기피 대상이었고, 양인 중에서도 세력이 없는 자들이 주로 수군이 되었다.

뿐만 아니라 진(陣) 운영을 위한 둔전의 경작과 병선(兵船) 수리, 각종 해산물 채취와 같은 잡역까지 도맡아야 했다. 사정이 이렇다 보니, 가혹한 군역을 견디지 못하고 도망

치는 군사들이 속출하고 있었다. 오늘 이교는 바로 이 일을 해결해야 하는 것이다.

그런데 황 평사는 동헌에 앉아 충청도 수군의 실태를 적은 기록을 훑어봐야 할 이교가 보이지 않자, 황급히 찾아 나선 것이다. 황 평사는 정지 안에서 이교를 발견하고서, 눈에 불꽃이 튀었다.

"나으리, 준.비.다.되.었.습.니.다."

"응, 나도 준비 끝났네. 군사들은 모두 모였는가?"

모두라고 해 봐야 고작 여섯 명이었지만, 이교는 이들의 숫자에 꽤 무게감을 느끼는 듯했다.

"이제 황 평사는 귀가해도 좋네. 영흥댁은 어서 그것들 들고 뒤따르게."

이교가 바빠 죽겠다는 표정으로 내아로 향했다.

황 평사는 도통 이해가 되지 않았다. 원래 대로라면, 오늘 동헌 마당에서는 주리를 틀고, 곤장을 치고, 고문하는 소리가 넘쳐나 군사들이 잔뜩 긴장해야 하는 날인 것이다. 그도 그럴 것이 병영지에서 도주한 군사들이 무려 한꺼번에 여섯 명이나 나왔으니, 평소보다 곤장을 치는 소리와 절규하는 소리가 더 많이 들리고, 피비린내까지 가득 차야 정상인 것이다.

그런데 이교는 어제 오전에 뜬금없는 명령을 내렸다. 도주한 군사들을 옥에 가두되, 일절 고문하지 말고, 포승줄로 묶지도 말고, 그저 하루 굶기기만 하라는 것이었다. 그리고 더 말도 안 되는 명을 내렸다. 군사들에게 응당 도주한 자들의 일벌백계(一罰百戒) 현장을 보여 지엄한 군령을 각인시켜야 하는데, 이교는 나머지 군사들은 오전 병선 수리를 마치면 병영으로 되돌아오지 말고, 바로 귀가시키라고 한 것이다.

도대체 무슨 꿍꿍인지 알 수 없어 황 평사는 갑갑한 속을 달랠 길이 없었다.

내아 한 켠에서 발을 뻗고 쉬던 서거정은 때아닌 소란에 졸음이 확 달아났다. 그리고 우연히 옆방 사정을 엿듣게 되었다.

여섯 명의 군졸들은 모두 눈이 퀭하고, 지저분한 수염에 뒤덮인 얼굴들이었다. 죽을지도 모른다는 두려움이 그들을 짓누르고 있었다. 다른 죄도 아닌, 수군지에서 병영 이탈이라니…… 나라님 말씀보다 더 지엄하다는 군령을 버젓이 어기고 도주했으니, 살길이 있을 리 없었다.

이들이 잡히고 나서 가장 먼저 든 생각은 동헌 마당에서 곤죽이 되도록 곤장을 맞아 반신불수가 되든, 쏟아지는 매를 견디지 못하고 죽든 둘 중 하나라는 것이었다. 그런데 이상하게도 자신들을 옥에만 가둬두었다. 밥만 주지 않을 뿐, 쇠사슬을 매 놓지도, 포승줄로 묶어놓지도 않아 하루 종일 움직임은 자유로웠다.

'죽이려는 게 틀림없구나.'

'어차피 죽일 건데, 귀찮게 이것저것 할 필요가 없는 거구나.'

'마지막 가는 길이라도 편안하라고 그냥 냅두는 건가?'

군졸들의 머릿속은 왜 팔자에도 없는 편안함이 주어졌을까, 하는 의문들로 가득했다.

그런데 갑자기 끌려간 곳은 따뜻한 군불이 지펴진 내아, 절도사의 방이었다. 더더욱 믿을 수 없는 것은 그들 앞에 차려진 따뜻한 밥상이었다. 차갑고 냉혈한일 거라고 지레 겁을 먹었던 절도사는 따스한 눈길로 그들을 마주하고 있었다.

"한 명씩 이름을 말해보아라."

"주, 죽을죄를 지었습니다."

한 군졸이 납작 엎드려 부들부들 떨었다.

"아니, 아니다. 너희들을 겁박하려는 게 아니다. 그저 이름이 궁금한 것이다."

이교가 손사래를 치며 말했다.

용구, 만영, 수복, 한길, 홍식, 칠만.

이교가 군졸들의 이름을 하나씩 부르자, 모두들 훌쩍이기 시작했다.

"아, 아니. 내가 뭘 했다고 다들 우는 것이냐? 난 그저 이름을 불러본 거였다."

"소인들은…… 너무 오랜만에 윗분께서 부르시는 이름을 들어본 것이라……."

이들은 누군가의 아비로 평생을 불려왔고, 군역에 동원이 되어 일 년의 반을 병영에서 지낼 때는 무지렁이, 멍청한 새끼, 이 새끼, 늙은 새끼, 찢어 죽일 새끼, 정신 못 차리는 새끼 등으로 불렸다.

"이제 각자 왜 도주했는지 그 원인을 소상히 밝혀야 할 것이다. 한 치의 거짓도 있어서는 안 된다. 다만 그 전에…… 앞에 차려진 음식부터 모두 먹어라."

영흥댁이 끓여낸 닭곰탕이 뽀얀 자태를 자랑하고 있었다. 그리고 그 곁엔 이교가 직접 담은 어리굴젓에 가자저 등 맛깔스러운 반찬이 놓여 있었다.

나라님께 진상하는 어리굴젓을 보자, 군졸들의 눈에 놀라움이 가득했다. 군역 때마다 간월도에서 나는 굴을 채취하면서도 한 번도 입에 대보지 못한 귀한 음식이었다.

그런데 누구도 음식에 손을 대지 못하고 쭈뼛거리고 있었다. 혹시라도 독을 넣은 음식으로 자신들을 죽이려는 것은 아닌지 경계하는 눈빛들이었다.

상황을 알아차린 영흥댁이 어리굴젓 하나를 냉큼 집어 먹고 손가락을 쪼옥 빨자, 그제서야 하나둘 허겁지겁 밥을 먹기 시작했다. 그들은 흐르는 눈물과 콧물을 소매로 훔쳐가며, 지금껏 먹어 본 중 가장 맛있는 밥 한 끼를 먹고 있었다.

상황은 모두 비슷했다. 몇 년째 지속된 가뭄으로 배고픔에 허덕이는 가족들이 있었고, 원인도 모를 병으로 부인을 잃은 이도 있었고, 함께 군역을 나온 아들이 해산물을 채취하다가 시커먼 바다에서 나오지 못한 이도 있었고, 빚을 갚지 못해 하나뿐인 딸이 팔려가게 생긴 이도 있었다.

모두 가족에 매인 자들이었다. 혼자 잘먹고 잘살려고 도망친 것이 아니었다. 다른 곳에서 쌀이든, 돈이든, 뭐라도 구해와야 하는 사람들이었다. 자신들은 어찌 되든 그렇게 구해온 것들로 가족을 먼저 살리고자 저지른 일들이었다.

"그럼…… 관아에 와서 사정을 고하면 될 것을, 어찌 도망을 쳤느냐?"

이교가 순진한 얼굴로 되물었다.

"쳇! 그랬으면 저희에게 양식이라도 주셨겠습니까?"

감히 절도사 앞이라는 사실도 잊은 채 수복이가 뇌까렸다.

"당연히 줬을 것이다. 군졸들이, 그 식구들이 굶고 있는

데 어느 관리가 뒷짐만 지고 있겠느냐? 나는 그런 일을 하라고 이곳에 보내진 사람이다."

"흐흐흐흐……."

"하, 하하핫."

군졸들은 어이가 없다는 듯, 실성한 사람들처럼 웃어댔다.

"말씀만으로도 위로가 됩니다, 나으리."

용구가 웃음기를 싹 지우고 말했다.

"나으리, 그간 소인들은 단 한 번도 그런 수장을 만나 뵌 적이 없습니다요. 지금은 조선이라는 나라가 들어섰지만, 소인들은 조부 때부터 그러니까 고려조부터 이곳의 수군으로 살아왔습니다. 돈도, 세력도 없으니 대대로 대물림되는 군역이 바로 수군이니까요. 그런데 숱한 세월 뼈를 깎아가며 군역을 살아도 소인들에게 돌아온 건 모진 매질뿐이었습니다. 지금 이런 밥상을 받아본 게 생애 처음이라는 말입니다. 천한 이들의 사정을 들어준 윗분들은 단 한 명도 없었사옵니다."

가장 나이가 지긋한 홍식이 말했다.

"그럼 천만다행이 아니냐? 이제라도 만났으니 말이다. 조선의 수군은 왜구의 침입을 방어할 막중한 책임이 있느니라. 조정도 이 중차대한 사안을 잘 알고 있다. 쉽게 말하자면, 수군진에는 양식이 넘쳐난다는 얘기다. 조정에서 군사들을 배곯게 할 수는 없다는 얘기다. 조정에서 내려오는 군량미를 중간에서 가로채는 자들, 그 쥐새끼같은 자들만 잡아내면 될 일이다. 몇 안 되는 놈들의 배를 불리느라 군사들이 굶을 수는 없다는 얘기다. 그야말로 천인공노(天人共怒)할 일이 아니냐? 그러니 이제 안심하거라. 도둑놈을 잡는 일은 내가 알아서 할 테니, 너희들은 원망과 한으로 얼룩진 마음을 모두 툭 털어내고 다시 군역에 온 힘을 다하면 될 것이다."

이교는 토호[8]들을 떠올리며 이야기를 했다.

"그, 그럼 소인들을 용서해 주시는 겁니까?"

한길이 감격에 겨운 목소리로 물었다.

"아니다. 그냥 용서할 수는 없지. 군령이 지엄하니 응당 따를 것이다. 다만 장 100대를 치지는 않겠다. 그저 여남은 대 정도 따끔하게 맞고 귀가토록 하라. 하지만 다시 이런 일이 일어날 시엔, 엄중히 다스릴 것이다."

"감사합니다요. 흐, 흐흑."

"평생 뉘우치며 살겠습니다, 흐흐흑."

"다시는, 다시는 이런 일이 없을 것입니다요."

군졸들이 고개를 주억거리며 펑펑 울었다.

---

8) 향촌에 토착화한 지배세력으로, 조정의 수취기반을 불법적으로 침탈해 사적 이득을 취하기도 했다.

이교는 군졸들이 곤장을 맞고도 얼른 회복할 수 있도록 일부러 닭곰탕을 끓였다는 얘기는 하지 않았다. 그저 상을 치우는 영흥댁과 흐뭇한 눈길을 주고받았을 뿐이었다.

서거정은 문틈으로 두런두런 들리던 이야기에 끌려, 저도 모르게 방 앞까지 와 있었다. 그는 군졸들이 꺼이꺼이 울며 반성하고, 화기애애해지는 광경을 보자, 넋이 나간 듯한 얼굴이었다.

"그나저나 뉘시오?"

이교가 멀뚱히 서 있는 서거정에게 물었다.

"아, 저는 그저 절도사 나리의 판결에 감동한 과객입니다. 하온데 나으리! 군졸들의 입을 술술 열게 하고, 원망으로 강퍅해진 마음마저 풀어준 저 음식을 저도 한 번 맛볼 수 있겠습니까? 저것이 그 유명한…… 금상께서 원기회복을 위해 드셨다는 닭곰탕이 아닙니까?"

서거정이 살짝 기대에 찬 얼굴로 물었다.

이건 또 어디서 나타난 미친놈인지 모르겠군, 하는 얼굴로 나가는 이교 뒤에서 서거정은 외조부 권근의 시를 읊조리기 시작했다. 분명 사람의 마음을 어루만지는 음식의 효능을 저토록 활용할 줄 아는 사람이라면, 조선 최고 문장가였던 외조부가 지은 시를 모를 리 없다는 확신이 들었다.

맷돌에 콩 갈아 눈빛같이 새하얀 물 흐르거든
끓는 솥 식히려고 타는 불 거둔다.
하얀 비계 엉긴 둣이 뚜껑을 열고
옥 같은 두부 밥상에 가득하다.
아침저녁 두부 있어 다행이니
구태여 고기반찬 번거로이 구하랴.
병 끝에 하는 일, 자고 먹는 일뿐
한 번 배우르니 딴사를 잊을 만하네.

"그대가 어찌 이 시를 아는가?"

걸어나가던 이교가 발걸음을 멈추고 물었다.

"소생이 이 시를 알면 아니 됩니까?"

"이 시는 참으로 대단한 분이 쓰신 건데도, 성리학의 냄새가 나지 않는다는 이유로 다들 언급하기를 꺼리니 하는 말일세."

"예, 그렇지요. 조선 최고의 문장가이신 권근 어른께서 쓰셨지만, 다들 두부에 굶주린 노인의 보잘것없는 모습이 느껴져 입에 올리기 싫어하는 시지요."

"그러니 다시 묻겠네. 사서삼경을 읊조리며 과거 공부에만 매진하게 생긴 그대가 어찌 이 시를 아는가?"

"제 외조부시니까요. 저는 외조부님의 시 중에 먹을 것을 읊은 시가 가장 좋습니다. 소생 서거정이라 합니다. 소문을 듣고, 나리를 뵈러 한양에서 왔습니다."

"나를? 소문을 들었다고? 나는 그렇게 눈에 띌 만한 소문을 달고 사는 사람이 아닐세. 잘못 찾아온 듯하니, 오늘은 푹 쉬고 날 밝으면 올라가시게."

"소생도 처음엔 그리 생각했사오나, 아닌 듯합니다. 제대로 찾아온 게 맞습니다. 번거롭지 않게 처신할 것이니, 부디 며칠 쉬어가게 해 주시지요."

"그럼 그러든가."

이교는 할 말을 다 마쳤다는 듯 심드렁한 얼굴로 사라졌다.

다음 날.

이교는 황 평사를 시켜 이곳 토호 세력들을 모두 모이게 했다. 서찰을 받아든 토호들은 얼마 전 한양에서 내려온 관리가 이제야 자신들을 연회에 부른 거라며 잔뜩 흥이 올라 있었다.

"대감마님, 진짜 괜찮을까요?"

영흥댁이 걱정스런 얼굴로 물었다.

"이거야말로 군사들의 밥상이 아닌가. 뭐가 그리 걱정인겐가?"

"그래도 이곳 터줏대감들인데 대접이 이리 박해서야……."

"영흥댁 눈엔 내가 지금 저들을 대접하려는 것으로 보이는가?"

"그럼, 아닙니까? 원래 각 지방에 가실 때마다 연회를 베푸셨잖아요."

"이번엔 아니네. 놀기 전에 일부터 해결해야지."

정지의 일을 영흥댁에게 맡긴 이교는 동헌 마당으로 향했다.

손님 맞을 준비로 종복들의 손이 한창 바쁠 즈음, 영흥댁의 지시로 상들이 차려졌다.

하나둘 도착한 토호들이 동헌 마당에 들어서자, 이교가 큰소리로 외쳤다.

"다들 편히 앉으시지요."

그런데 자리를 잡고 앉는 토호들의 안색이 시커메졌다. 개다리상 위에 보리밥과 멀건 아욱 된장국, 간장, 말린 호박 나물이 덩그러니 놓여 있었기 때문이다.

그들은 오늘 연회에 응당 어여쁜 기녀들과 각양각색의 산해진미들, 알싸한 술이 기다리고 있을 거라 여겼다. 그런데 꼴랑 이거라니.

"아니, 대감! 어찌 소신들에게 이리도 무례하십니까?"

"많이들 놀라셨습니까? 너무 노여워 마시지요. 이 밥상은 오늘 이곳 수군들이 받았던 조반입니다."

이교가 빙긋이 웃으며 말했다.

"그러니 말입니다. 천한 것들의 밥상을 어찌 저희에게……."

"연회를 여시고, 소신들을 이리 박하게 대했던 경우는 지금껏 없었습니다."

이곳저곳에서 불만이 튀어나왔다.

"제가 언제 연회를 연다고 했습니까? 허허허. 이전 관리들이 어떠했는지는 내 알 바가 아니오!"

이교의 말투가 순식간에 변하자, 궁시렁대던 토호들이 일순 경직되었다.

"충청 병영은 가장 막강한 조선 수군을 길러내는 곳이지, 그대들의 배를 채워주는 곳이 아니오. 조정에서 내려오는 군량미를 조금씩 빼돌려 이렇게나 많은 거친 곡식들로 섞어놓으셨더군요. 자세히 밥그릇을 들여다보시오. 쌀알이 얼마나 되는지! 쌀 대신 뭐가 섞여 있는지! 그리고 그게 지금 다 어디로 가 있는지!"

이교가 내지르는 소리에 토호들은 식은땀이 흐르기 시작했다.

이전에 내려온 관리들은 다 자신들이 뇌물로 구워삶아

쥐락펴락했었는데, 그에게는 씨알도 먹히지 않을 듯했다.

"거, 참! 대감. 뭔가 오해가 있으신 듯합니다. 술 한잔 하시면서 회포도 푸시고, 저희와 앞으로의 일들도 논의하심이…….."

토호 세력 중 가장 오래도록 자리를 지켜온 김현성이 노련한 어조로 말했다.

"그대들이 무엇보다 먼저 알아야 할 게 있소. 그간 이곳에 부임한 관리들은 주야장천 글만 읽고 관료가 된 그저 사대부였을 것이오. 그들은 당신들이 쥐어주는 몇 푼 안 되는 뇌물에 질끈 눈 감아 줬을 것이오. 당신들이 군졸들을 어떻게 혹사시키는지, 그들에게 돌아갈 군량미를 어떻게 빼돌리는지 모른 척했을 것이오. 하지만 나는 다르오."

"무엇이 그리 다르십니까? 지방 한직으로만 떠도셨다더니, 아마도 세상 물정에 그리 밝지는 않으신 듯합니다."

김현성이 야비한 웃음을 흘리며 물었다.

"하하하. 좋은 질문이오. 내가 그들과 다른 이유는……
내가 넘치도록 가진 게 많아서 돈이 필요 없기 때문이오."

지금껏 마당 한켠에서 듣고만 있던 영흥댁과 길복이는 이교의 말에 너무 놀라 밥알이 튀어나올 뻔했다. 멋있게 잘 나가다가도 매번 저런 식이다. 너무 솔직한 거.

"돈이 정말 많으신가 봅니다. 소신은 대감이 정말 부럽사옵니다."

김현성이 잔뜩 비꼬는 얼굴로 말했다.

"내 부친께서 바로…… 의안대군이시오. 내 백부께서 이 조선을 세우셨고, 금상께서 내 조카란 소리지요. 다시 말해 조선의 지존 다음으로 부유한 가문이 바로 내 집안 인데, 내가 무슨 연유로 그대들이 내미는 그깟 코흘리개 돈에 눈이 멀겠소? 난 어려서부터 백부님 얘기를 귀에 딱 지가 지도록 듣고 자랐소. 군졸들과 함께 숙식을 하셨다 는 얘기 말이오. 그런데 내 백부께서 마주하셨던 군졸들 의 밥상을 두고, 그대들은 기분이 퍽이나 상한 듯하오."

"대감, 소신을 죽여주시옵소서."

김현성이 엎드려 사시나무 떨듯 떨었다.

"먼저 모두 되돌려 놓을 수 있도록 사흘의 말미를 주겠 소. 군량미에 손을 댄 중죄를 판결하실 분은 주상전하뿐 이오. 그대들이 성심껏 이 일에 임한다면, 참형만은 면할 수 있도록 기꺼이 도울 것이오."

평소에는 집안 얘기라면 머리를 절레절레 흔들던 이교 가 오늘따라 집안을 자랑스럽게 들먹이자, 영흥댁과 길복 이는 의아하면서도 어렴풋이 알 수 있었다. 더 큰 힘을 내 세워 약한 이들을 살리려는 주인의 뜻을.

그 후 며칠 동안 충청 병영엔 줄지어 되돌아오는 쌀가마

를 차곡차곡 쌓느라 군졸들이 죄다 동원되어 있었다. 그
들의 얼굴에 아주 오랜만에 웃음꽃이 피어 있었다. 그들
중에 동에 번쩍, 서에 번쩍, 뛰어다니며 쉬지도 않고 가장
열심히 일하는 군졸들은 여섯 명이었다.

힘의 전환

한여름 밤의 더운 열기가 숨통을 조여오고 있었다.

왕의 목뒤로 송골송골 맺혔던 땀은 이제 등 뒤로 줄줄 흘러내리고 있었고, 부나마나 한 바람이라도 쐬어보겠다고 열어둔 창틈으로 모기떼가 들어와 웽웽거렸다. 왕이 팔을 휘휘 내저으며 성가신 모기를 쫓지 못하는 것은 지존의 체면 때문이라기보다, 한어(漢語, 중국어) 공부에 열중해 있었기 때문이다. 거의 한계에 다다랐을 즈음, 다행히 한어를 가르치던 조숭덕이 물러갔다.

"에잇, 이 윤봉 같은 놈!"

조숭덕이 물러가자 왕이 앵앵대는 모기를 쫓아내며 욕을 했다.

"전하, 물이라도 한 모금 드시옵소서."

공 내관이 사발을 건네자, 왕의 얼굴이 구겨졌다. 갈증으로 벌컥거리며 마신 물조차도 뜨뜻미지근했기 때문이다.

요즘 왕은 심사가 뒤틀리는 일이 있을 때마다 '에잇, 윤봉 같은 놈'이라는 욕을 입에 달고 살았다. 지난번 해동청을 잡겠다고 난리를 친 화자가 끝내 거슬렸던 것이다.

"전하! 이렇게 더운 날, 이토록 늦은 시각까지 한어 공부를 하시니 옥체가 상하실까 저어되옵니다."

공 내관이 염려스러운 낯빛으로 아뢰었다.

"음…… 생각보다 재미있어서 나는 괜찮다. 더위야 늘 힘든 일이고."

"그런 일은 통사(통역사)가 알아서 잘 처리할 것이온데, 구태여 직접 배우시면서 몸을 괴롭게 하시옵니까?"

지난달부터 왕은 판승문원사 조숭덕을 불러 한어 공부를 시작했다. 왕이 조숭덕을 눈여겨본 것은 그의 특이한 출신 때문이었다. 조숭덕의 부친은 명나라 사람이었다. 자세한 사정은 모르겠으나 그는 조선에서 자라면서 여느 사대부들처럼 과거 시험을 준비했고, 당당하게 식년시에 급제한 인재였다. 다만 반쪽짜리 조선인이었기에 정승의 지위까지 오르지는 못했지만, 변방에 일이 생기거나 명과의 마찰이 있을 때마다 매끄럽게 일을 잘 처리하는 실력자였다.[9] 조선말과 한어 모두에 능통하고 과거에 급제할

9) 《세종실록》 3년 11월 24일 기록 참고.

만큼 똑똑하다는 것, 왕은 그 점을 높이 샀다.

그리고 모든 정무가 끝나면, 늦은 밤 그를 처소로 불러들여 《대학》을 한어 발음으로 읽게 했다. 이미 서책의 내용을 꿰뚫어 아는 왕이 그를 굳이 부르는 이유는 바로 한어를 배우고자 함이었다.

안 그래도 세상 책이라면 죄다 읽어버린 왕이 한어 공부에까지 손을 뻗치자, 공 내관의 근심은 배가 되었다. 왕의 취침 시간이 자꾸 쪼그라들다가 이제는 정말 여름밤의 모기 다리만큼 가늘어졌기 때문이다.

"공 내관, 말이라고 다 똑같은 게 아니다."

왕이 빙그레 웃으며 말했다.

"그러니까요, 전하. 조선말과 한어가 다르니, 응당 통사에게 맡겨 두셔야지요."

"공 내관…… 설마 내가 통사만도 못하다는 뜻이냐?"

왕이 진심으로 서운하다는 얼굴로 물었다.

"전하, 설마 이제 겨우 두 달 배우시고는 평생 한어를 연마한 저들보다 더 낫다고 여기시옵니까?"

공 내관이 진심으로 어이없다는 얼굴로 되물었다.

"내가 조선에서 제일 똑똑하다며? 다들 그렇게 얘기한다며? 그런데 나를 가장 잘 아는 네가 그렇게 얘기하니 몹시 서운하구나."

"아무리 그렇다 한들 어찌 두 달짜리가 평생짜리들을 이길 수 있겠사옵니까? 과욕이시옵니다."

"……."

"그나저나 말이 다르다고 하신 데에는 어떤 함의가 있사옵니까?"

왕이 진심으로 상처받은 얼굴을 하자, 공 내관이 얼른 말을 돌렸다. 왕의 마음을 돌리는 데 가장 약효가 큰 방법은 바로 쉴새 없이 질문하는 거라는 걸 공 내관은 진즉에 알고 있었다.

"공 내관, 정사는 말과 글을 통해서 이루어지느니라. 글이야 다듬으면 되지만, 망언(妄言)과 비언(鄙言)이 판을 치면 정사가 제대로 이루어질 수 없다. 말에도 격조가 있다는 것이다. 상대가 못마땅해서 날선 말로 후려치고 싶을 때도, 격이 필요한 법이다. 천박한 말로 내뱉으면 감정만 상하지만, 적절한 격조를 곁들인 말로써 하면 상황이 달라질 수 있는 것이다."

"전하, 소신은 무지하여 도통 무슨 말씀이신지 헤아릴 수가 없나이다."

"조숭덕이 말하는 한어와 윤봉 같은 놈이 내뱉는 한어는 그 격이 다르다는 것이다. 옛날 중국 동진에 왕탄지와 범계라는 두 신하가 있었다. 범계는 나이는 많았지만 지위가 낮았고, 왕탄지는 나이는 어렸지만 지위가 높았지. 이들이 황제 앞으로 나아가며 앞서거니 뒤서거니 하다가, 왕탄지가 결국 범계의 뒤에 서게 되었다. 황제 앞이라 울며 겨자 먹기로 자리를 양보한 왕탄지는 앞에 선 범계가 못마땅했지. 그래서 '까부르고 날리고 나니 겨와 쭉정이만 앞에 있구나.'라고 비꼬았다. 그러자 범계도 가만히 있을 수는 없었지. 그래서 '씻어내고 골라내니 모래와 조약돌만 뒤에 있네.'라고 응수했다. 왕탄지가 네까놈은 겨와 쭉정이다, 라고 시비를 걸자, 범계는 그러는 네놈은 모래와 조약돌이다, 하고 받아친 것이지. 서로가 상대를 깔아뭉개긴 했으나, 그들이 사용한 대구(對句)가 워낙 훌륭해서 비루함이 조금도 느껴지지 않는 것이다."

"듣고 보니 정말 그렇사옵니다, 전하."

"조숭덕이 한어를 말하면 범계와 왕탄지 정도의 격조를 이루어낼 수 있지만, 윤봉 같은 놈이 가당키나 하겠느냐? 그놈은 그저 '에잇, 늙은 놈이 벼슬도 낮은 주제에 어디서 겁대가리 없이 내 앞을 가로막느냐?'고 고작 그 정도 말밖에 못할 것이다. 조숭덕처럼 양국의 말에 능통하면서 학식이 높은 자를 찾기는 힘들다. 명에서 보내오는 화자들은 앵앵대는 모기마냥 한어를 흉내 낼 수는 있어도, 우아하고 격조 있는 말을 구사할 수는 없는 법이다."

꾸룩, 꾸룩, 꾸루룩.

"전하, 야다소반과(죽과 떡, 한과, 차 등의 왕의 야참)를 곧 올리겠사옵니다."

신이 나서 한창 떠들던 왕의 뱃속에서 민망한 소리가 들려오자, 공 내관이 얼른 아뢰었다.

"아니다. 그것보다는 더위를 식혀야 하니, 열을 없애는 열무(熱無) 비빔밥이 먹고 싶구나."

"전하, 이 시각에 그것은 너무 과합니다."

"그럼 열무 비빔밥 위에 살짝 맥적구이(돼지고기를 된장 양념에 재운 뒤 구워 만든 요리)를 얹으면 어떻겠느냐?"

"휴…… 그럼 열무 비빔밥으로, 아주 조금만 준비하겠나이다."

왕이 고기까지 얹어 먹겠다고 한 술 더 뜨자, 공 내관은 체념하는 어조로 답했다. 그리고 반식경 후, 아삭아삭 열무를 씹어먹는 소리가 왕의 침전을 경쾌하게 넘어서고 있었다.

국초부터 지속된 왜구와 여진족의 잦은 침입은 늘 조정의 근심거리였다. 빈번하게 일어나는 갈등과 마찰이라고 넘기기엔 그들의 세력이 점점 커지고 있었다.

여느 때보다 일찍 기침한 왕은 침소에서 장계를 검토한 뒤, 빠른 걸음으로 정전을 향했다.

"전하, 함길도 관찰사에게서 변방의 상황이 위태롭다는 장계가 도착했사옵니다."

병조판서 최윤덕이 침통한 어조로 아뢰었다.

"조금 전 장계를 확인하고 들어온 길이오. 적의 기습이 염려되어 장정들이 밭을 갈거나 땔나무를 하러 갈 때조차 활과 화살을 지참해야 된다고 하니, 상황이 생각보다 심각한 듯하오. 훈련된 군사가 턱없이 부족한 상황에서 코앞에 들이닥친 적들에게서 백성들을 어떻게 지킬 수 있을지 걱정이오. 속히 현안들을 내 주시오."

왕의 옥음에 긴박감과 안타까움이 묻어나 있었다.

"우선, 김종서 장군을 필두로 군사들을 파견하여 여진족을 소탕하게 하심이 옳은 줄로 아뢰옵니다."

"지금 같은 때 김종서 장군을 중앙에서 빼내시면, 호시탐탐 기회를 보는 왜구의 침입이 우려되옵니다. 젊은 장수들로 구성된 정예군 일부를 보내심이 마땅한 줄 아옵니다."

"전하, 필요에 따라 쉽게 중앙군을 움직여서는 아니 되옵니다. 북방의 지방군들을 최대로 모아 결집하게 하시는 것이 낫사옵니다."

북방의 지방군이라는 말에 왕은 맥이 빠졌다. 변방의 지방군들은 그야말로 군사라고 보기에도 민망한 산적 수준의 오합지졸들이었다. 그들이 쟁기와 활을 쥔 백성보다 낫다는 보장도 없었다.

"지금 속히 김종서 장군을 함길도 관찰사로 임명하고, 쓸만한 장수들을 보내 수비태세를 갖추도록 하시오."

"전하, 아니 되옵니다. 지금같이 민감한 때, 조선의 호랑이라고 알려진 김종서 장군을 그곳에 보내시는 건 명나라를 자극하는 일이 될 것이옵니다."

"그러하옵니다, 전하. 전쟁을 감수하면서까지 지킬 만한 가치가 없는 땅이옵니다."

"지킬 만한 가치가 없는 땅이라…… 조선 팔도에 그런 땅도 있소? 짐은 이 즉시 김종서를 함길도 관찰사로 파견하니, 속히 떠나도록 하라."

"신, 목숨을 다해 명 받잡겠나이다."

왕의 급작스러운 명령에 김종서가 부복하고 아뢰었다.

"이제부터 짐은 경들과 함께 이 지리한 여진족 침입의 해결책을 찾고자 하오. 경들의 말이 틀리지 않소. 변방에 변고가 생길 때마다 군사를 쉬이 움직일 수는 없는 일이오. 그러니 더더욱 장기적인 대책이 절실하다고 생각하오."

갑작스러운 왕의 발언에 대신들은 당황하기 시작했다. 단 한 번도 진지하게 변방의 백성을 생각해 본 적이 없었다. 조상 대대로 한양 땅에 거하며, 궁성 가까이에서 삶을 영위해왔기 때문이다. 하지만 왕은, 아니 왕의 조상은 입거인(入居人)이었다.

변방의 늙은 장수였던 이성계는 입거인의 후손이었다. 사병을 이끌고 변방의 적들을 물리치면서 세력을 모은 그가 세운 나라, 그게 조선이었다. 조선은 변방에 거하던 입거인이 세운 나라인 것이다.

왕이 변방의 백성을 걱정하는 데에는 그런 이유도 작용했다. 조정에서 보내주지 않는 원병을 기다리다 지친 백성들이 거의 죽어 나자빠져 갈 때, 늘 달려온 건 이성계의 부대였다. 변방을 지켜온 건 조정에서 보낸 중앙군이 아닌, 이성계의 사병들과 지방군들이었다. 그렇게 구사일생으로 살아남은 백성들은 이성계의 휘하로 모여들었고, 그곳에서 점차 군사로 탈바꿈되었다. 대단한 포부가 있어서가 아니었다. 그저 살기 위해 선택한 길이었다. 그리고 후회하는 이는 없었다. 오히려 안도하는 이들이 많았다. 변방에서는 이성계의 휘하로 들어가기만 하면, 살 수 있다는 말이 넘쳐나고 있었기 때문이다.

하지만 지금 변방엔 아무도 없었다. 믿을 만한 장수라곤 눈 씻고 찾으려야 찾을 수 없었다. 밭을 갈고, 땔나무를 하는 백성들 외엔 아무도 없었다. 백성들은 그렇게 아가리를 벌리고 있는 적들 앞에 무력하게 노출되어 있었다. 변방의 백성들은 모두로부터 버려진, 잊혀진 존재가 되어버렸다.

"짐은…… 북방에 4군 6진을 설치할 것이오."

우왕좌왕하는 대신들을 바라보며, 왕이 결연한 어조로 말했다.

"전하, 결코 아니 될 말씀이시옵니다. 윤언을 거두어 주시옵소서."

"그렇사옵니다, 전하. 북방에 경계 태세를 갖추시는 것은 명나라에 활을 겨누는 것과 같사옵니다."

"짐은 명 황제가 4군 6진의 설치를 윤허할 수 있도록 설득할 생각이오."

"아뢰옵기 황공하오나, 전하! 그건 무모한 전쟁을 치러서 차지할 수 있는 것도 아니고, 설득으로 얻을 수 있는 것은 더더욱 아니옵니다. 힘이란 나눠 가질 수 있는 게 아니옵니다. 이제야 원나라의 잔여 세력을 모두 정벌하고, 기틀을 다져가는 명나라가 북방의 힘을 다시 조선과 나눠가질 리가 없사옵니다. 오히려 명나라의 의심만 사게 될 것이옵니다.”

“짐이 4군 6진을 설치하고자 하는 뜻은 명과 군사력을 대결하고자 함이 아니오. 그저 변방의 내 백성을 지키려 함일 뿐이오.”

“전하, 조선은 국초부터 지금까지 국왕과 왕비, 왕세자의 책봉부터 사소한 것 하나까지 모두 명나라의 윤허를 받아왔사옵니다. 그렇게 몸을 숙여 명나라와의 신뢰를 쌓아 왔사옵니다. 지금 섣불리 군사를 움직여 북방의 군사력을 강화하는 것은 그간 이뤄 온 명과의 모든 관계에 금이 가는 것일 수도 있사옵니다.”

“경들은 대국 앞에서는 무조건 머리를 조아려 복종해야 한다고 여기시오? 그것만이 작고 힘없는 조선이 살길이다, 뭐 그리 생각하시는 게요? 짐은 오랜 세월 맺어왔던 그 상하 복종의 관계를 이제 끝낼 것이오. 그리고 명과 조선의 협력관계를 새롭게 이끌어낼 것이오. 몸뚱이만 크다고 대수는 아니지요. 그 큰 몸을 이끌어가는 건 이것이니까요.”

왕은 손가락으로 자신의 머리를 가리키며 말했다.

장수가 세운 나라에 책벌레가 왕이 된 걸 기뻐했던 대신들은 도통 무슨 소린지 모르겠다는 얼굴로 눈을 끔벅였다. 그저 백면서생인 왕이 나라를 곧 말아먹으려나 보다,

하는 걱정만 스멀스멀 올라올 뿐이었다.

"물론 지금 조선의 상황에서는 대국의 힘에 눌릴 수밖에 없소. 하지만 부분적인 추종을 대가로, 조선이 필요한 것을 얻어낼 수는 있어야지요. 정사의 문제에서는 늘 해왔듯이 명에 고하고 윤허를 받을 것이오. 그깟 게 무슨 대수라고 자존심을 내세우겠소? 그저 명나라에 조선의 상황을 알려주는 셈 치면 되지요. 그렇게 낮춘 자존심으로 짐은 4군 6진의 설치를 얻어낼 것이오. 진정한 거래를 시작해보는 거지요. 명나라에도 여진은 눈엣가시 같은 존재들이오. 그러니 명나라를 자극하지 않으면서 여진을 정벌할 수만 있다면 우린 많은 것을 얻게 될 것이오. 첫째는 여진을 몰아내 북방의 경계를 확고히 함으로써 조선의 경계를 넓힐 수 있을 것이오. 둘째는 명이 독점해오던 대륙의 힘의 한 축을 조선이 거머쥐게 될 것이오. 그리하여 조선은 명나라조차도 함부로 할 수 없는 나라로 부상하게 될 것이오. 셋째 짐은 그 힘으로 변방 끝자락에서도 백성들이 편안한 삶을 살 수 있도록 만들 것이오. 조선엔…… 지킬 만한 가치가 없는 땅이란 없소."

"하오나 전하. 명나라 사신들의 횡포조차도 해결이 되지 않았사온데, 무슨 방법으로 명나라를 설득하실 것이옵니까?"

"그건 염려 놓으시오. 짐이 고민할 것이니."

말을 마친 왕은 속이 다 후련했다.

마침내 첫걸음을 뗄 수 있게 된 것이다. 대신들의 반대를 넘어섰으니, 이제 서서히 매듭을 풀어가면 될 일이다. 대신들과의 논쟁만 넘어서면 그다음 일은 식은 죽 먹기가 될 거라 여길 정도로, 왕은 대신들의 '말'에 묶여 지쳐가고 있었다. 이제 열심히 머리를 굴려 명나라의 신뢰를 잃지 않으면서 그들을 설득할 방안만 찾아내면 된다.

생각하고 고민하는 건…… 왕이 가장 사랑하는 일이었다.

야속한 어명

고소하고 맛있는 냄새가 왕 앞에 솔솔 풍기고 있었다. 그런데 평소 같으면 고기부터 덥석 집었을 젓가락이 허공을 맴돌고 있었다.

"전하, 어디 불편하시옵니까?"

공 내관이 멍한 표정을 짓고 있는 왕에게 물었다.

"으응? 아, 아니다."

"어찌 수라를……."

공 내관이 거의 손도 대지 않은 왕의 밥상을 보며 말을 삼켰다.

"요즘 입맛이 없구나. 상을 물리도록 하라."

왕은 요즘 의기소침해져 있었다. 대신들에게 명나라를 설득하겠다고 큰소리치긴 했지만, 막상 뾰족한 수가 떠오르지 않았기 때문이다. 그토록 좋아하는 맥적구이가 눈앞에 있어도 입맛이 당기지 않는 괴이한 날들이 반복되고 있었다.

상을 물리고, 다시 서책을 읽기 시작한 왕은 이번에도 '정지' 상태였다. 신나게 손가락으로 휘리릭 넘겨야 할 서책이 서안 위에 가만히 놓여 있었다.

"전하, 차라리 일을 하시옵소서. 그리 깊이 생각에만 빠져계시니 소신이 불안해서 숨을 쉴 수가 없나이다."

보다 못한 공 내관이 푸념하며, 장계 하나를 서안 위에 툭 올려놓았다.

"그럼, 그럴까?"

습관적으로 펼쳐든 장계를 읽으며, 왕의 얼굴에 화색이 돌았다.

"하하하. 참으로 오랜만에 뿌듯한 소식이 담겨있구나."

"어디에서 올라온 장계이옵니까?"

"충청도병마절도사가 보낸 장계다."

"무엇이 그리 뿌듯하시옵니까?"

"하하핫! 수군들의 사기가 하늘을 찌를 듯하다, 는 구나. 게다가 오랜 고질처럼 퍼져있던 군사들의 병영지 이탈 문제가 종식되었고, 수군들은 그 어느 때보다도 단단히 결속되어 있다고 적혀 있다. 조정에서 보낸 군량미에 군사들이 경작하는 둔전에서 거둬들인 곡식까지 충분해서 군사들을 입히고 먹이는 데 부족함이 없다는구나. 뿐만 아니라, 수군들의 병선(兵船) 관리 역시 완벽하게 이루어지고 있어 흠잡을 데가 없다는구나."

"감축드리옵니다, 전하."

"……."

"전하, 또 어찌 그러시옵니까?"

갑작스런 왕의 침묵에 공 내관은 가슴이 철렁했다.

"참으로 이상하지 않느냐?"

"무엇이 말이옵니까?"

"왜지? 지금껏 이런 일은 단 한 번도 없었다. 수군들의 군역이 고되어서 늘 문제가 많았던 곳이 충청도 병영이었다. 어떻게 몇 달 새 이렇게 달라질 수가 있지?"

"그야 절도사가 충심을 다해서……."

"공 내관, 당장 가서 국초부터 있었던 충청도 병영에 관한 장계를 모조리, 하나도 빠짐없이 챙겨오너라."

"전하, 침수 드실 시각이옵니다. 날이 밝거든……."

"공 내관, 아직도 출발하지 않은 것이냐? 어찌 이리 궁둥이가 무거운 겐지, 쯧쯧."

"예예, 전하. 소신 지금 가옵니다."

공 내관은 말을 뚝뚝 잘라먹는 왕의 태도에 서운하면서도 모처럼 생각의 늪에서 빠져나온 주군의 모습이 반가워 쌩하니 달려나갔다.

한식경 후, 헐레벌떡 달려온 공 내관에게서 장계를 받아 든 왕은 날이 새도록 그 많은 종이 뭉치를 읽어내고 있었다. 그리고 확인할 수 있었다. 충청 수군의 사기가 이토록 높은 건 국초 이래로 처음이라는 것을.

에에, 에잇취!

침전 한 귀퉁이에서 깜빡 잠이 들었던 공 내관이 요란하게 재채기를 했다.

"전하, 송구하옵니다. 밤을 꼴딱 새우셨사옵니까?"

"응, 그렇지. 너는 참으로 꿀맛나게 자더구나."

붓털로 공 내관의 코를 살살 문지르던 왕이 씨익 웃었다.

"전하, 소신도 이제 중늙은이옵니다. 부디 소신의 나이를 생각해 주소서. 하온데 굳이 꿀잠을 자는 소신을 깨우신 연유는 무엇이옵니까?"

공 내관이 눈을 게슴츠레 뜨며 물었다.

"혹시 의안대군의 자손에 대한 풍문을 들어보았느냐?"

"종친이신 분의 풍문이라면 그 댁 자제분들이 모두 부친을 빼닮아 장수다운 풍모가 뛰어나고…… 앗! 그런데 딱 한 명만 예외라는 소문이 있었사옵니다."

"그게 누구였는지도 기억나느냐?"

"글쎄요…… 기억이 가물가물 하옵니다."

"이상하단 말이지. 분명 내 기억으로는 단 한 명의 예외가 오남 이교였거든."

"아! 예, 맞사옵니다."

"그래? 확실한 것이냐?"

"예, 틀림없사옵니다. 유독 그분만 말도 못 타시고, 활도 못 쏘셔서 의안대군께서 속앓이를 많이 하셨다는 소문이 궐내에 파다하게 돌았사옵니다."

"그런데 말이다. 왜 충청도병마절도사가 이교지?"

"에잇, 그럴 리가요."

"그러니까. 다른 형제들이었다면 내가 충분히 납득했을 것이다. 무인 집안 태생들이니, 군사들의 결속 도모에 이골이 나도록 충분한 경험이 있을 테니 말이다. 그저 지방 한직을 돈다고만 들었는데, 어찌 그런 자가 이런 엄청난 일을 이루어냈느냔 말이지."

"혹시 이름만 같은 것은 아닐런지요."

"공 내관, 네가 다녀와야겠다."

"예에? 충청도 병영에 말이옵니까? 꼭 소신이 가야 하옵니까?"

"내가 언제 중차대한 일에 다른 이를 부리는 것을 보았느냐? 공 내관을 내가…… 많이 믿는다. 어서 조반 두둑이 먹고 출발하거라. 대체 그곳에서 무슨 일이 일어나고 있는지 샅샅이 알아보고 오너라."

"전하, 장계에서 뿌듯한 소식을 들으셨으면 후한 상을 내리시면 될 일이지 구태여 소신까지 그곳에⋯⋯."

공 내관이 꽁하니 토라져서 버티고 있었다.

"음⋯⋯ 숱한 갈등을 종식시킨 그의 방법이 중대한 국정 문제를 해결할 수 있는 실마리가 될 듯하구나."

공 내관은 문제가 해결될 기미가 보일 때 짓는 왕의 표정을 보고야 말았다.

"소신, 지금 출발하옵니다."

공 내관은 그깟 다리가 좀 부서지면 어쩌랴, 는 심정으로 총총히 사라졌다.

이교는 진지한 눈빛으로 진어(眞魚, 준치)를 바라보고 있었다. 그는 종복들을 시켜 적당히 배분한 진어를 토호들에게 보내고 있었다. 매년 봄이 되면 산란을 위해 움직이는 '진어'는 생선 중에 가장 맛있어서 으뜸이 되는 먹을거리다. 하지만 진어는 살이 통통해 맛은 일품이지만 가시가 많아서 먹기에는 다소 불편한 물고기다.

옛사람들은 관직에 나아가는 친지에게 진어를 선물하곤 했다. 가시가 온몸에 박혀 먹기 불편한 진어에 권력이나 재력이 맛있다고 넘치게 탐하면 목에 '가시'가 걸려 필시 낭패를 본다는 의미를 담아 충고한 것이었다. 그러니 오늘 이교가 진어를 토호들에게 보내는 건 군량미를 빼돌린 일에 대한 엄중한 경고인 것이다.

"대감, 이것은 진어가 아닙니까?"

아침부터 이교를 찾아다니던 서거정이 불쑥 나타나 물었다.

"앗, 깜짝이야! 자네는 어찌 그리 인기척도 없이……."

"설마 이 맛난 걸 모두 토호들에게 보내실 작정이십니까?"

"허허허, 그럴 리가 있나. 젊은 사람이 진어가 맛있다는 건 또 어찌 아는 겐가?"

"이미 말씀드렸듯이, 소생은 음식에 아주 관심이 많사옵니다. 그나저나 오늘은 이것으로 무슨 음식을 만드실 것이옵니까?"

"오늘은 어만두를 빚어볼까 하네. 그런데 자네는 대체 언제 올라갈 셈인가?"

"어만두요? 흰살생선을 팡팡 다져서 빚은 그 어만두요? 소생, 오늘도 못 올라갈 듯합니다. 대감께서 빚으신 어만두를 꼭 먹을 것이옵니다."

"아니, 그렇게 매번 차일피일 미루다가 아예 주저앉겠군그래. 어제는 순채국만 먹고 후딱 올라간다더니만."

"그러니까요, 대감. 날마다 매끼 색다른 음식이 나오니

돌아갈 수가 없사옵니다. 이토록 맛난 음식을 외면하는 것은 선비된 도리가 아니지요."

끄으응.

서거정의 입담에 할 말을 잃은 이교는 불퉁거리며 정지로 향했다.

며칠만 쉬어간다던 놈은 근 두 달이 넘도록 돌아갈 생각을 안 하고, 자꾸 이교 앞에 알짱거리며, 오늘은 무슨 음식을 만들거냐, 그 음식은 어느 지방의 특식이냐, 묻다가 식사 시간만 되면 어김없이 나타나 합석을 자처하고 있었다. 영흥댁과 길복이는 이제 앳된 선비의 잔망스런 미소가 친근해지고 있었다. 그렇게 한 상 거하게 얻어먹고 나면 어김없이 그의 입에선 맛난 음식을 예찬하는 시가 우르르 쏟아져 나왔다. 그가 밥값이라며 읊어대는 시를 듣고는 모두 혀를 내두르며 감탄하는 일상이 지속되고 있었다. 배부르게 먹고 난 뒤 숭늉을 마시며 그의 시를 듣는 것은 모두에게 기다려지는 시간이 되었다.

해가 뉘엿뉘엿 지자, 딸그락대는 소리가 정지에서 들려왔다. 이윽고 소반 위에 모락모락 김이 나는 만두가 올려져 있었다.

"영흥댁, 진어 가시를 제거하느라 애 많이 썼네."

이교가 기대에 찬 얼굴로 인사치레를 했다.

"대감마님, 그토록 쇤네의 고생을 알아주시니, 다음번엔 부디 버섯이랑 무를 잔뜩 넣은 보통 만두를 만들면 어떨까요?"

영흥댁이 진어 가시에 찔려 빨갛게 부어오른 손가락을 문지르며 말했다.

"이건 간장이긴 한데, 조금 달큰한 맛이 납니다."

이렇게 꾸물대다 만두가 다 식어버리면 어쩌나, 조바심이 난 서거정이 냉큼 말했다.

"그건 내가 매실로 담근 간장일세. 그 옆에 놓인 생강도 조금씩 올려서 먹어보게. 개운한 맛이 날게야."

이교의 말대로 매실장에 찍어 생강을 올린 만두는 입에 살살 녹았다.

"대감마님, 이렇게 맛있을 줄 알았으면, 아까 진어를 너무 많이 보내지 말 걸 그랬습니다."

만두를 우적우적 씹어먹으며 길복이가 웅얼거렸다.

"많이 먹어라, 길복아. 오늘 네가 진어 배분하고 나르느라 고생이 많았다."

이교가 길복이 앞에 어만두 하나를 더 놓아 주었다.

"그럼 이제 모두의 수고에 감사하는 마음을 담아 제가 밥값을 해 보겠습니다."

붉은 찬합 막 열어보니

서리처럼 하얀 만두가 가득하구나.

딸랑하고 따뜻하니 병든 입에 딱 맞고,

달콤함이 쇠약한 창자를 보해주네.

종지에는 매실장이 가득 담겨 있고,

쇠반 위에는 생강도 찧어 놓았네.

금세 다 먹고 나니,

고마운 벗의 정을 잊지 못하겠네.[10)]

"허허허, 참 좋다. 그런데 누가 보면 노인이 지은 시인 줄 알겠군. 자네는 여기서 날마다 배불리 얻어먹으면서 어찌 병들고 아픈 척을 하는 겐가?"

서거정이 과장된 몸짓으로 시를 읊자, 이교가 한 마디 거들었다.

"대감, 그저 시일 뿐이니 너그러이 들어주시지요."

"그럼요. 대감마님께서는 어린 벗까지 두셨으니, 참으로 기쁜 일이지 않사옵니까? 호호호."

영흥댁이 콧소리를 내며 웃었다.

그렇게 이들은 한양에서 내려온 사람이 매의 눈으로 자신들의 일상을 세세히 살피고 있다는 건 까맣게 모른 채

10) 서거정의 시, 〈사김자고송만두(謝金子固送饅頭)〉 인용.

희희낙락 즐거운 날들을 보내고 있었다.

　왕은 두 귀를 의심했다.

　생각했던 대로 이교는 그 집안의 골칫거리가 맞았다. 하지만 그가 버젓이 충청도 병영에서 혁혁한 공을 세우고 있는 것도 사실이었다. 더 놀라운 건 그가 수군들 사이의 갈등을 해결하는 기상천외한 방식이었다.

　공 내관은 자신이 똑똑히 보고 들은 것을 거짓 없이 아뢰는 것인데도, 자꾸 얼굴이 붉게 달아올랐다. 고하는 내용이 너무 터무니없어서다.

　이교는 수군들 사이에 시비가 붙으면 무조건 옥에 가두고 하루 동안 쫄쫄 굶긴다고 했다. 이튿날 이들은 서로 마주 앉아 이교가 내리는 음식을 말없이 먹어야 한단다. 그리고 그 후 각자의 사정을 조곤조곤 설명해야 하는데, 이 일에 단 한 가지 철칙이 있단다. 그건…… 화를 먼저 내는 쪽이 무조건 지는 것이란다. 그렇게 군사들이 치솟는 분노를 가라앉히고, 맛있는 음식을 먹으며 상대의 이야기를 듣고 나면 서로 이해하게 된다는 것이었다. 후엔 더욱 돈독한 사이가 되기까지 한다는 것이다.

　무엇보다 이교가 차려내는 음식은 상상을 초월하는 신비한 맛이라고 했다. 먹어본 이들은 모두 용궁에서나 먹

을 듯한 산해진미라거나 천상의 음식일 거라고 떠벌린다
고 했다.

어쨌든 동헌보다는 정지에 더 오래 머물고, 아전들보다
는 군졸들의 이야기에 더 귀를 기울이는 절도사 덕에 수
군들은 사기가 높아지고, 아전들의 발바닥만 불이 난다고
했다. 그간 조정에서 보내는 절도사들의 비위를 맞추랴,
눈치를 살피랴, 그 와중에 자신들의 잇속 챙기랴 바빴던
아전들은 요즘 딴생각을 할 겨를이 없다고 했다. 이교가
지시하는 공무들을 원칙에 따라 집행하는 일들을 모두 떠
맡게 되었기 때문이다.

이교가 아전들에게 요구한 것은 딱 한 가지였다. 정직하
게 밥값을 하라는 것. 그 밥값을 잔머리 굴려서 남의 것 빼
앗으며 했다가는 지엄한 군령으로 다스릴 것이라고 못박
았다.

그리고 강조했다. 원칙에 따라 공정하게 일을 처리하라
고, 절대 사람과 일 사이에 더러운 잡것들을 끼워넣지 말
라고, 자신은 그런 일을 아주아주 혐오한다고 일장 연설
을 했다는 것이다.

오직 문서대로만 일을 처리하라고 누누이 강조한 이교
는 그 문서라는 걸 완벽하게 만들어 내기 위해 꽤 똑똑한
젊은이를 써먹고 있는 중이라고 했다. 이교 곁에서 하릴없

이 빈둥거리는 청년은 공사를 명확히 구분하는 문서들을 놀랍도록 체계적이고 구체적으로 작성해내고 있다고 했다. 매끼 밥 한 그릇 신경 써서 차려주면, 지치지 않고 술술 써 내려가기 때문에, 요즘 이교는 그가 자신이 임기를 마칠 때까지 머물러주면 좋겠다고 생각할 정도라고 했다.

"찾았다! 드디어 찾았어, 하하하."

왕이 큰소리로 웃으며 말했다.

공 내관은 머리를 갸웃했다. 자신이 지금껏 아뢴 내용이라곤 음식에 푹 빠져, 골머리 썩는 일일랑 모두 남에게 슬쩍 미루는 절도사와 무위도식하기 민망해서 밥값을 조금 하는 청년이 다였기 때문이다. 도대체 그들의 어느 구석이 왕의 마음을 사로잡은 것인지 알 길이 없었다.

"공 내관, 이번엔 공식적인 어명을 받들고 다녀오너라."

"또요? 무슨 어명을 말씀하시는 것이옵니까?"

"속히 가서 그 둘을 냉큼 데려오라는 것이다."

"전하, 그분은 아직 임기가 한참이나 남았사옵니다."

"더 급한 사안이 이곳에 있으니, 그깟 후임이야 지금 바로 정하면 될 것을!"

왕은 그 즉시 승문원에 명하여 중추원부사 김익생을 이교 대신 충청도병마절도사로 삼고, 이교를 급히 한양으로

불러올렸다.[11]

파종 시기가 다가오고 있었다.

백성들은 풍년을 기원하는 등신제를 지내기 위해 지난
해 수확했던 팥으로 시루떡을 찌기 시작했다. 온 고을에
팥 냄새가 진동하던 오후, 길복이는 손에 팥 한 자루를 쥐
고 내아로 들어섰다. 팥시루떡이라면 사족을 못 쓰는 이
교를 위해 오늘 영흥댁이 떡을 찔 생각이었던 것이다.

"길복아, 고생 많았다. 씻어서 불려야 되니까 정지에
놔 줘."

영흥댁이 팥을 보며 반색을 했다.

"예에. 벌써부터 떡을 먹을 생각에 침이 고이네요."

길복이가 입맛을 다실 때, 이교가 급히 다가왔다.

"영흥댁, 이거 조금만 남기시게."

"어머나, 왜요? 대감마님 좋아하시는 시루떡 잔뜩 찌려
고 했는데요."

"음…… 만들어 보고 싶은 게 있어서."

"오늘 새로운 음식이 있사옵니까? 팥으로 만드는 음식엔
팥죽이랑 시루떡 외에는 뭐 특별한 게 없지 않사옵니까?"

---

11) 《세종실록》 16년의 기록 참고.

어느새 서거정이 다가와 물었다.

"자네는 참으로 재주도 좋아. 어쩌면 그리 적시에 나타나는지……."

"어휴, 대감. 제가 아침내 공문을 들여다보느라 얼마나 지쳤는지 아시지 않습니까? 잠시 측간 가려고 나왔지요, 하하하. 그나저나 언제 만드실 것입니까?"

요즘 서거정은 나름 떳떳한 하루를 보내고 있다고 자부하고 있었다.

"걱정 말게. 내가 언제 자네만 빼고 먹는 거 봤는가?"

이교가 보물단지를 안 듯 팥을 끌어안고 정지로 향했다. 작은 소반 위에 한 번도 먹어본 적이 없는 음식이 놓여 있었다. 다들 팔짱을 끼고, 새로운 음식을 골똘히 들여다보았다.

"이 음식의 정체는 뭘까요?"

영흥댁이 의구심이 가득한 얼굴로 물었다.

"음…… 이건 차가운 두죽(豆粥, 팥빙수)일세. 한여름에 먹는 게 더 맛있겠지만 팥을 본 김에 번쩍 생각이 들어서 말이야."

"팥죽은 숱하게 먹어봤지만, 이런 음식은 진짜 처음 봅니다, 대감. 석청에 얼음까지 넣은 팥죽이라……."

그리고 각자 한 입씩 넣어 오물거리기 시작했다.

"세상에나, 너무 맛있어요!"

영흥댁이 호들갑을 떨었다.

"정말 시원합니다, 대감마님. 정말 꿀맛이에요, 꿀맛."

길복이는 사발채 음식물을 입에 털어넣고 있었다.

"자네는 어떤가?"

이교가 웬일로 조용한 서거정을 향해 물었다.

그는 천천히 맛을 음미하느라 지긋이 눈까지 감고 있었다.

팥을 뭉드러지게 삶아 죽을 쑤니

되면서도 묽어 절로 맛이 아주 좋네.

굶주리다 창졸간에 팥죽 얻어먹은 유문숙이 따로 없고,

순식간에 팥죽을 마련한 석계륜이 따로 없구나.

어떤 이는 옛것을 배우겠으나,

나는 지금 새것을 맛보노라.

석청에다 얼음 조각 섞어서

마셔보니 맛이 더욱 일품일세.[12]

"대감, 정말 놀라운 맛입니다."

기대치 않게 팥죽을 얻어먹은 사람뿐만 아니라 뚝딱 팥

12) 서거정의 시 〈두죽(豆粥)〉 인용

죽을 끓여낸 사람의 고사까지 인용해서 멋들어지게 시를 읊은 서거정이 찬사를 아끼지 않았다.

그때였다.

"충청도병마절도사 이교는 속히 나와서 어명을 받으시오!"

"지금 이게 무슨 소리지?"

이교가 모두에게 물었다.

"어명이라는데요, 대감?"

서거정도 눈이 휘둥그레졌다.

동헌 마당에서 공 내관이 왕이 보낸 전교를 읽자, 이교가 허허 웃으며 말했다.

"뭔가 착오가 있는 듯합니다. 나는 이곳에 온 지 몇 달 되지도 않았고, 임기를 마치려면 아직 한참이나 남았소."

"대감, 남은 임기는 염려 놓으시지요. 대감께서 한양으로 떠나시면 이곳 일을 맡게 될 김익생이라고 하옵니다."

옥색 도포자락을 휘날리며 한 사내가 동헌 마당에 들어서고 있었다.

"아, 아니 이게 무슨 청천벽력 같은 소린지…… 원."

이교는 하필 이제 막 이곳 생활이 재밌어질 무렵, 아직 이곳에서 먹어보지 못한 음식이 천지 삐까리인 이때, 속히 올라오라는 왕명에 망연자실했다. 더 기막힌 건 왕의 치밀함이었다. 임기가 끝나지 않았다고 발뺌할 이교의 속을 훤히 꿰뚫어 본 듯 떡 하니 후임까지 파견하다니…… 정말 빼도 박도 못 하는 형국이었다.

울며 겨자 먹기로 짐을 싸는 이교의 심정을 알 턱이 없는 서거정은 마냥 신이 났다. 안 그래도 한양에 올라가면 그의 음식을 더 이상 맛볼 수 없을 거란 생각에 아쉬움이 밀려들던 차에, 같이 한양으로 향하게 된다니…… 자신이 먹을 복 하나는 타고났다고 콧노래를 흥얼거리고 있었다.

재상과 숙수

늦은 오후, 때아닌 산책을 하겠다던 왕은 아미산 후원을 거닐고 있었다. 정무가 없는 시간에는 항상 서책을 읽던 왕이라 공 내관은 은근히 걱정스러웠다. 필시 풀리지 않는 문제가 있는 것이리라.

"전하, 참으로 아름다운 계절이옵니다."

공 내관이 화려한 자태를 뽐내는 꽃나무들을 바라보며 말했다.

"응, 그래. 참 아름답구나."

"전하, 이토록 아름다운 전경을 한 번 돌아봐 주소서."

"한가롭게 무슨…… 공 내관, 이제 경회루 쪽으로 걷자꾸나."

왕은 골똘히 생각에 잠긴 채 경회루 주변을 거닐었다.

경회루와 아미산 후원.

하나를 허물어뜨리면서, 또 다른 하나를 얻은 곳.

조선이 개국 후에 가장 신경 써서 지은 경회루는 명나라 사신이 올 때 연회를 베풀던 곳이다. 그런데 경회루를 지을 때 연못을 파내어 얻은 흙으로 만든 곳이 바로 아미산 후원이었다.

아미산은 인공산이었던 것이다. 버려진 흙덩어리에 정성껏 꽃과 나무를 심어 마침내 아름다운 후원이 된 것이다.

"하나를 허물어뜨리고도 그로써 더 아름다운 것을 만들어 내는 것…… 부분적으로 명을 따르기에 당장은 잃는 것 같더라도 그로써 더 멋진 조선을 만드는 것…… 그게 핵심이다."

왕이 나지막이 중얼거렸다.

"전하, 석강 시간이 다 되었사옵니다."

"석강이 끝나고 들기로 했지? 여느 때보다 더 다과에 신경 써야 할 것이다."

"예, 전하."

왕이 하루 종일 서성이며 기다리는 사람은 바로 이교였다.

"아니야, 아닐 거야. 필시 착오가 있었을 거야."

궁으로 향하던 이교는 수없이 되뇌고 있었다. 한 번도 주목받지 못하고 살아온 자신에게 갑자기 어명이라니. 자신의 형제들이었다면 집안에 경사가 났다고, 우리 집안이

다시 예전의 영광을 되찾을 수 있다고 좋아라 했겠지만, 이교는 암담하기만 했다.

심지어 왕이 자신을 혼내려고 불러올린 건 아닐까 걱정이 되기도 했다. 명색이 왕족이 이리저리 한직을 떠돌면서 놀고먹는다는 소문이 퍼진 건 아닌지, 이 일이 집안에 알려져 늘그막에 또 형제들에게 질타를 받는 건 아닌지, 머리가 지끈거리고 있었다.

공 내관은 왕의 침전 앞에 당도한 이교를 보고 화들짝 놀랐다. 얼마 전 충청도 병영에서 봤던 밝은 얼굴이 폭삭 늙어 있었기 때문이다.

"전하, 이교 대감께서 드셨사옵니다."

"뫼시어라."

왕 앞에 꾸벅 절하고 앉은 이교는 상심으로 인해 얼굴조차 들지 못했다.

"먼 길 오시느라 고생 많으셨습니다, 숙부님."

"말씀을 낮추소서, 전하. 하온데 무슨 일로 미흡한 소신을……."

"숙부님이 도와주셔야 할 일이 있어서 급히 올라오시라고 했습니다."

"황공하오나, 전하. 소신은 전하께서 뭔가를 맡기실 만큼 유능한 관리가 아니옵니다."

이교는 다행히 벌을 면했다는 생각에 안도했다.

"지금 저는 숙부님의 도움이 그 어느 때보다 절실합니다."

"무슨 도움을 말씀하시는 것이온지……."

"저와 함께 여진족을 정벌해 주셔야겠습니다."

"핫, 하하핫, 하하하하."

이교는 왕의 뜬금없는 제안에 미친 듯이 웃었다.

"송구합니다, 전하. 그 일이라면 확실히 사람을 잘못 찾으셨사옵니다. 여진족 정벌은 말 잘 타고, 활 잘 쏘는 제 형제들이 잘 도울 수 있을 듯합니다. 소신은 그 일에 가장 어울리지 않는 사람입니다."

이교가 안도감에 가슴을 쓸어내리며 말했다.

"아니요, 저는 숙부님이 필요합니다."

"전하, 제 입으로 이런 말씀까지 올려 송구합니다만, 소신은 집안에서 유일하게 무인의 피를 이어받지 못했사옵니다. 활만 보면 경기를 일으키옵니다. 심지어 마부 없이는 말에 제대로 오르지도 못하옵니다."

공 내관을 의식한 이교의 목소리가 모기만큼 작아지고 있었다.

"저는 여진족을 칼과 창으로 정벌하지 않을 것입니다. 그러니 숙부께서 적임자시지요."

"예에? 아니 그럼 뭘로 정벌을 하십니까?"

"숙부님이 좋아하시고 잘하시는 그거요."

"음…… 부끄럽사오나 소신이 유일하게 잘하는 거라곤 음식뿐이옵니다."

"예, 저는 음식으로 여진족을 정벌해 볼 생각입니다."

이교의 퀭한 얼굴이 더 시커메지고 있었다.

"숙부께서 충청도 병영에서 어떻게 수군들의 갈등을 해결했는지 알고 있습니다. 저는 음식의 공능을 자유자재로 이용해 사람의 마음을 얻는 숙부의 능력이 필요합니다."

"대체 그게 무슨……."

"여진족 정벌을 위한 명 사신과의 밀담에서 숙수가 되어주세요."

"숙, 숙수요?"

숙수는 음식을 만드는 사람이다. 특히 왕과 왕실 사람들이 먹는 음식을 준비하는 사람을 대령숙수라고 불렀다. 그런데 숙수는 대개 중인이나 천인 출신이었다. 숙수는 수백 명의 각색장을 거느리고 일했다. 물 긷는 자, 물 끓이는 자, 밥 짓는 자, 반찬 만드는 자, 생선 굽는 자, 고기 굽는 자, 그릇 관리자로 구성된 각색장은 자신에게 맡겨진 일만 담당하면 되지만, 숙수는 조리 실력이 뛰어나야 함은 물론, 수많은 각색장을 부리는 노련함과 강인한 체력이 있어야 했다. 궁에서 연회가 열리거나 명나라에서 사신이 오면 수천 명의 음식을 준비해야 하기 때문이다. 어디 그뿐인가. 며칠 동안 밤새며 음식을 만들어야 할 정도로 일이 고되었지만, 만에 하나 음식에 문제라도 생기면 중한 처벌을 받고 유배 가는 경우도 허다했다.

"전하, 황공하오나 소신은 그저 제 입을 즐겁게 하는 음식만 만들 줄 아옵니다. 거창한 실력이 있지 않사옵니다. 그런 일이라면 응당 궁에서 잔뼈가 굵은 대령숙수와 각색장들을 쓰셔야지요."

"숙부님의 음식은 용궁에서나 먹을 법한 산해진미나 천상의 음식이라고 소문이 파다하던걸요. 궁중 숙수들에게 그런 음식을 기대하긴 어렵지요. 그리 품격 높은 음식들을 만들어주실 분은 숙부님이 유일합니다."

왕이 끈질기게 물고 늘어졌다.

"……."

이교의 침묵이 길어지자, 옆에 있던 공 내관도 땀이 삐질삐질 나기 시작했다. 공 내관은 왕이 아침부터 안절부절 못하고 서성이던 이유를 이제야 알 것 같았다. 조선에서 가장 용맹하다는 의안대군에게 숱하게 회초리를 맞으면서도 끝내 무인의 길을 걷지 않은 사내. 그가 집안의 멸시에도 불구하고, 욕심없이 마음에 끌리는 대로 살 수 있었던 건 그의 황소고집 때문이었다.

왕은 이교를 설득하기 어렵다는 걸 알고 있었던 것이다. 하지만 공 내관은 왕 역시 한치도 밀리지 않을 거라는 걸 믿어 의심치 않았다.

쪼르륵.

공 내관이 차를 따르는 소리가 두 사내의 침묵에 균열을 일으켰다.

"숙부님, 예부터 훌륭한 재상 중에 숙수 출신이 많았습니다. 알고 계십니까?"

왕의 질문에 이교는 방바닥만 뚫어지게 볼 뿐, 별 반응이 없었다.

"고대에 천관총재(天官冢宰)라는 관직이 있었습니다. 천관은 하늘에 제사를 지내는 일을 관장했고, 총재는 제사 지낼 때 쓰는 음식을 장만하고, 제사가 끝난 후에 참석자들에게 음복할 음식을 골고루 나눠주는 일을 관장했지요. 제사가 끝나고 음식을 분배하는 일을 제대로 하지 못하면 큰 문제가 발생할 수 있었습니다. 먹을 것이 하늘이던 시절에 공평하게 음식을 나누지 못하면 내분이 일어나 전쟁으로 번지는 경우가 허다했으니까요. 그렇기에 가장 능력 있고 믿을 만한 사람에게 총재의 일을 맡겼지요. 그중 가장 유명한 사람이 은나라 때의 이윤입니다. 그는 왕의 시중을 들면서 맛있는 음식을 예로 들어가며 왕도를 설명했고, 그 재능을 인정받아 은나라의 재상이 되었습니다. 어디 그뿐입니까? 《한서열전》 〈진평전〉에 따르면, 유방을 도와서 한나라를 세운 진평은 원래 젊은 시절 촌구석에 사는 한미한 출신의 사람이었습니다. 어느 날 그의 명민함을 알아챈 사람들이 제사 후 고기를 나눠주는 일을 맡기자, 그는 그 일을 흠잡을 데 없이 훌륭히 해냈지요. 고기를 받아든 모든 사람이 불만이 없었던 겁니다. 그는 자신이 천하를 다스리는 일을 맡으면 고기를 다루는 것처럼 잘할 수 있을 것 같다고 우스갯소리마저 했지요. 훗날 진평은 좌승상이 되어서 한나라의 기틀을 다지는데 혁혁한 공을 세웠습니다."

왕이 열띤 어조로 설명을 이어가고 있을 즈음, 공 내관은 자신의 두 눈을 믿을 수가 없었다. 이교가 감히, 감히 왕 앞에서 졸고 있었던 것이다. 그 옛날 아비 앞에서도 꾸벅거리며 졸던 버릇을 버리지 못한 채.

"숙부님, 많이 곤하셨나 봅니다."

"앗! 송구합니다, 전하. 예, 참으로 훌륭한 재상들입니다. 하오나 소신은 그 정도의 그릇이 못 되옵니다."

이교가 공손함을 가장한 채 여전히 뜻을 굽히지 않았다.

"숙부님, 그간 숱한 피를 흘리고서야 겨우 안정된 조선에서 지금 필요한 건 더 이상 전쟁이 아닙니다. 명나라를 설득할 파격적인 방안이 필요합니다."

"전하, 소신 충심을 다해 올리고자 하는 말씀은…… 지금 시각이 많이 늦었사오니, 부디 옥체를 생각하시어 침수 드셔야 하옵니다. 도움도 못 된 채 심려만 끼쳐드려 송구하옵니다. 소신 이만 물러가겠나이다."

이교는 오래도록 앉아있다가 쥐가 난 다리를 부여잡고, 낑낑대며 일어서고 있었다.

"명나라! 명나라에 보내드리겠습니다."

왕이 마지막 패를 꺼내들며 소리쳤다. 돌아서던 이교가 멈칫하자, 왕이 회심의 미소를 지었다.

"이 일이 끝나면 숙부님을 꼭 명나라에 보내드리겠습니다. 그간 조선 팔도 지방을 두루 도셨으니, 어지간한 음식은 다 맛보셨을 게 아닙니까? 이제 명나라 음식도 한 번 맛보셔야지요."

"정말이시옵니까?"

어느새 이교가 왕 앞에 바짝 다가와 물었다.

"그럼요! 약조하겠습니다."

이교는 어려서부터 꿈꿔오던 명나라 음식을 떠올리자, 눈이 반짝거리기 시작했다. 그리고 이교는 철퍼덕 주저앉아, 날이 새도록 그간 만들어 먹은 새로운 음식들과 조선 팔도의 식재료를 읊는 것으로도 모자라, 얼마 전부터 자신의 주변을 맴도는 권근의 손자, 서거정 이야기까지 죄다 털어놓았다. 아직 과거 시험을 치르기도 전인데 어찌나 총명하게 관리의 일을 뚝딱해내는지, 또 짓는 시마다 얼마나 멋들어진지 이야기하느라 침을 튀고 있었다.

안 그래도 토막잠을 자는 왕을 걱정하던 공 내관은 멈출 줄 모르고 주절대는 이교를 향해 눈을 흘기느라 하마터면 가자미가 될 뻔했다.

난생처음 이교가 왕 앞에 불려갔다는 소식에 한창 들떠 있던 형제들도, 기이한 왕명에 고개를 저었고, 천한 숙수 일을 덥석 수락한 이교의 행동에 기함하고야 말았다.

잠행

사각사각.

눈이 내리고 있었다. 정무를 끝내고 침전에 들던 왕은 사뿐히 내려앉는 눈에 발걸음을 멈추었다.

"전하, 어서 안으로 드시지요. 차가운 밤기운에 옥체 상하실까 저어되옵니다."

"공 내관, 오랜만에 제대로 머리 좀 식히자꾸나. 어서 준비하거라."

하루 종일 지끈거렸던 머리가 찬 기운에 상쾌해지자 왕이 말했다.

"······."

"어서 준비하래도?"

공 내관이 꿀 먹은 벙어리마냥 대꾸도 하지 않자, 왕이 채근했다.

"아니 되옵니다, 전하. 눈까지 내린 마당에 고뿔이라도 드시면⋯⋯."

"그럼 너 빼고 김 내관을 데리고 다녀와야겠구나. 김 내관!"

"전하! 더 늦기 전에 서두르셔야 하옵니다."

왕이 목소리를 가다듬으며 김 내관을 찾자, 그제서야 공 내관이 왕의 잠행에 동의의 뜻을 내비쳤다.

"하온데 전하. 어느 쪽으로 길을 잡을까요?"

"숙부님 댁으로 가야겠다."

숙부님, 이란 말에 그제야 공 내관은 왕이 석수라(왕의 저녁식사)를 거의 손대지 않은 속내를 알아차렸다.

왕은 요즘 궁금해졌다. 지난번 명나라에 보내주겠다고 이교의 발목을 잡아놓긴 했지만, 그가 어떤 대책을 세우고 있을지 도통 갈피를 잡을 수가 없었다. 자신이 응당 이러이러하겠다, 라고 명하면 어떤 신하든 그럼 이리이리 준비하겠나이다, 라고 응수하는 것에 익숙한 왕은 이교의 묵묵부답에 슬쩍 불안해지고 있었던 것이다. 그리고 무엇보다도 천상의 맛이라고 소문이 자자한 그의 음식을 한번 먹어보고 싶었다.

어두운 길목에 들어서던 왕은 공 내관의 저지에 발걸음을 뚝 멈추었다. 수상한 그림자가 이교의 집 담벼락을 서성이고 있었기 때문이다.

"대체 어떤 놈이길래 이 야심한 시각에 남의 집 주변을 서성이는 것이냐?"

"나야 이 댁 어른의 벗인데, 그쪽은 뉘시기에 이 야심한 시각에 무람없이 호통까지 치시는 게요?"

갑작스런 호통 소리에 깜짝 놀란 그림자가 말했다.

공 내관이 등불을 들어 올리자, 앳된 청년의 얼굴이 보였다.

서거정이었다. 그는 긴긴 겨울밤 할 일도 없고, 입이 궁금하기도 하던 차에 이리저리 돌아다니다 마침 이교네 집 앞까지 발길이 닿았다. 그는 이교가 한양에 올라오고도 코빼기도 내비치지 않자 못내 아쉬운 마음이 들었다. 그렇다고 막상 문을 두드려 방문 목적을 밝히자니 괜스레 민망하고, 또 그냥 돌아서자니 아쉬운 상황이었다. 오도 가도 못하고 고민하던 차에 들려온 호통 소리에 그는 버럭 역정을 냈다.

"이 댁 어른의 벗 치고는 꽤나 젊구나. 벗이라면서 왜 서성이느냐? 함께 들어가자."

변복한 왕이 그의 어깨를 툭 치며 말했다. 네놈이 서거정이구나, 하고 이미 알아차린 얼굴로.

"그나저나 왜 초면에 그리 반말을 하시는지……."

젊은 놈이 입술을 삐죽이며 말을 삼켰다. 공 내관은 어린 놈의 패기랄까, 치기랄까, 뭐 그런 버릇없음에 놀라 눈만 뚜루룩 굴리고 있었고, 왕은 뜨끔해서 헛기침만 연거푸 했다.

한편 이교는 오늘 아침부터 잔뜩 들떠 있었다. 눈이 내리는 날 꼭 먹어보고 싶은 음식이 있어서다. 그는 영흥댁과 길복이를 대동하고 나갈 채비를 마치고 있었다. 그런데 난데없이 대문 안으로 세 사내가 들어서고 있었다. 손[客]에게 문을 열어준 길복이는 영문을 몰라, 그저 엉거주춤 서 있었다.

추운 날씨에 대비해 잔뜩 솜을 덧댄 옷을 입고 나오던 이교는 문 앞에 서 있는 왕을 발견하고 얼굴이 하얘졌다.

"주, 주상……."

"오랜만일세. 이 젊은이도 자네를 만나러 왔다기에 함께 들어왔네."

이교가 전하를 외치기도 전에 왕이 손가락을 입술에 갖다 댄 채 말했다.

"오랜만에 뵙습니다, 대감."

서거정이 천진난만한 미소를 지었다.

"그나저나 어쩐 일로……."

"벗이 보고파서 온 게지, 무슨 다른 연유가 필요한가? 그나저나 어디 나가려던 참인가?"

"아, 나는 그저 지금 마실 나가려던 참이었네."

왕의 너스레에 이교가 말했다.

"마실이요? 이 늦은 시각에요?"

"그나저나 자네는 또 어쩐 일인가? 우리 집은 또 어찌 알았누?"

이교가 또 이놈이구나, 하는 얼굴로 심드렁하게 대꾸했다.

"대감께서 이리 저를 잊으시다니, 섭섭합니다. 그간 밥정을 돈독히 쌓은 것도 다 인연인데요. 그나저나 영흥댁과 길복이를 보니, 맛난 걸 드시러 가는 모양입니다."

서거정이 바리바리 짐을 싸 들고 한쪽 구석에 쭈그러져 있던 영흥댁과 길복이를 보며 눈을 빛냈다.

"우리만 빼놓고 가면 안 되지. 같이 감세."

왕은 이제 버젓이 앞장서서 길잡이 노릇을 하기 시작했다. 이 황당한 상황에 기가 막혔던 이교는 별수 없이 영흥댁과 길복이에게 앞서 떠나라는 눈짓을 했다.

헉, 헉, 헉헉.

"대체 언제까지 올라갈 겐가?"

"이제 거의 다 왔사옵니다. 그러게 왜 따라오셔서는……."

송골송골 땀을 흘리는 왕에게 이교가 속삭였다.

야트막한 언덕 위에 도착해보니, 발 빠른 길복이와 영흥댁이 이미 준비를 마친 상태였다. 평평한 돌 위에는 화로가 덩그러니 놓여 있고, 작은 상 위에는 두툼하고 묵직해 보이는 물건이 긴 막대기에 꽂혀 있었다.

"이게 다 무언가, 영흥댁?"

"그게…… 아직 뭐라고 이름을 지어야 할지는 모르겠사옵고, 오늘 우리 나리께서 드셔보셔야 알 듯합니다."

서거정이 묻자, 영흥댁이 이교의 눈치를 살피며 간신히 답했다.

그때 저쪽에서 길복이가 깨끗한 눈을 양껏 퍼담아 왔다.

갑자기 동행한 불청객들 때문에 심기가 불편했던 이교는 길복이가 퍼온 하얀 눈을 보고 반색을 했다.

"자, 자! 그럼 이왕지사 이렇게 된 거 같이 맛있게 드십시다. 우선 자리에 좀 앉으시지요."

서거정은 아까부터 자꾸 자신보다 어려 보이는 벗에게 존대를 하는 이교가 의아했다. 벗이 왕이라는 사실은 꿈에도 모른 채.

늦은 밤 자신을 찾아온 벗들을 위해, 이교는 음식을 차리느라 부산을 떨었다.

"영흥댁, 어서 숯을 올리게."

화로에서 숯불이 피어오르자, 이교는 상 위의 물건을 펼

치기 시작했다. 볏짚에 둘둘 쌓여있는 물건은 딱 보기에
도 고기였다.

"이건 고기가 아닌가? 그런데 여느 고기와 생김새가 다
르군 그래."

왕이 긴 막대기에 꿰어진 고기를 들어올리며 말했다.

이교는 호기심에 고기를 집어 들고 빙글빙글 돌리는 왕
이 못마땅한 나머지, 하마터면 소리를 꽥, 지를 뻔했다. 입
술을 꽉 깨물고 왕에게서 막대기를 뺏어 든 이교는 고기
를 정성스럽게 다시 화로 위에 올려놓았다. 그리고 다시
는 함부로 만지지 말라는 삼엄한 눈빛을 왕에게 보냈다.

꼬륵, 꼬르륵.

오늘따라 왕 앞에서 무람없이 구는 인간들이 많자, 슬슬
열이 뻗치던 공 내관은 자신의 뱃속에서 삐져나오는 민망
한 소리에 귀가 빨개졌다.

그때, 믿을 수 없는 일이 벌어지고 말았다. 옆에 왕이 있
든 없든 이제 크게 괘념치 않던 이교가 굽다 만 고기를 눈
속에 쿡, 박아버린 것이다.

"아, 아니! 자네 지금 귀한 고기에 무슨 짓을 하는 겐
가?"

평소 고기라면 사족을 못 쓰던 왕이 벌컥 화를 내며 물
었다. 그런데 막상 주변을 둘러보니, 아무도 이교의 괴이

한 행동에 놀라지 않는 듯했다.

"어이, 젊은 양반! 이치가 그렇지 않은가? 왜 잘 굽던 고기를 눈 속에 처박느냔 말이지."

"소생이 보기에 어르신은 이 대감의 벗이 아니신 듯하옵니다."

"아니, 왜?"

"벗이라면서 한 번도 이 대감의 음식을 드셔보지 않으신 듯해서요. 벗들은 모두 압니다. 대감의 음식이 여느 음식과 다르다는 것을요. 맛도 기가 막히지만, 음식을 만드는 과정도 아주, 아주, 특별하거든요."

서거정이 의심의 눈초리로 빤히 왕을 쳐다보았다.

"맞다. 나는 벗이 아니다."

"그렇지요? 하하하! 제가 다른 건 몰라도 눈치 하나는 조선 제일입니다. 그나저나 벗이 아니면 누구십니까?"

"나는 왕이다."

왕이 너무나 아무렇지 않게 왕이라는 말을 툭 내뱉자, 영흥댁과 길복이는 눈이 덮인 땅바닥에 넙죽 엎드렸다. 그런데 서거정은 귓구멍을 파고 있었다.

"송구하오나, 소생이 뭘 좀 잘못 들은 듯하옵니다."

"다시 말해주랴? 내가 조선의 지존이다."

그제서야 사태를 파악한 서거정이 기함을 하자, 이교가

눈을 흘기며 말했다.

"전하, 그렇게 사람을 시도 때도 없이 놀리시는 버릇 좀 버리시옵소서. 맛있는 거 좀 먹어보겠다고 기웃거리던 제 벗이 경기를 일으키지 않사옵니까? 저 젊은이가 그때 제가 말씀 올린……."

"서.거.정.이겠지."

왕이 자신의 이름까지 들먹이자, 서거정은 거의 정신이 나갈 지경이었다.

"죽, 죽을죄를 지었사옵니다."

"난 이 음식이 너무 궁금하니 너도 정신을 좀 챙기거라. 네가 여기서 죽어버리면, 이 음식을 먹어보지도 못할 것 아니냐. 난 사람이 죽는 마당에 의연히 먹을 것을 즐길 수 있는 그런 파렴치한 왕이 아니니라. 그나저나 숙부님, 왜 잘 굽던 고기를 자꾸 눈 속에……."

왕이 거의 울상을 지으며 물었다.

왕과 서거정이 투닥거리는 사이, 이교는 눈 속에 박았던 고기를 다시 화로에 올려 굽기를 세 차례 반복하고 있었다.

"전하, 소신은 오늘 원나라의 《거가필용》과 명나라의 《송씨존생》에 나온 방법으로 특별한 고기를 만들어 보고 싶었사옵니다. 대국의 기록에서는 고기를 삶아서 구우면 고기의 풍미가 더욱 좋다고 되어 있사옵니다. 또 어떤 기록에는 찬물에 담갔다가 굽기를 반복하면 더 쫄깃하다고도 되어 있사옵니다. 그래서 소신은 눈 속에 고기를 담갔다가 굽기를 반복하면 어떨까 궁금했사옵니다."

"아마도 더 쫄깃쫄깃 하겠군요. 한번 먹어보면 알겠지요."

왕의 손이 고기로 향하자, 이교가 슬며시 왕의 손을 잡았다.

"더 맛있게 드시는 방법이 있나이다."

이교가 눈짓을 하자, 눈밭에 쭈그리고 앉아있던 영흥댁이 벌떡 일어나 특이하게 생긴 국물을 건넸다. 참기름과 간장을 섞은 기름장에 파와 생강을 넣은 것이었다.

영흥댁은 하루 종일 칼등으로 팡팡 다진 고기 사이사이에 정성껏 국물을 발라서 다시 굽기 시작했다. 고소한 냄새가 진동했다. 서거정과 공 내관은 냄새에 이미 반쯤 넋이 나간 표정을 짓고 있었다.

난생처음 보는 음식을 입에 넣은 왕은 평소와 다르게 오래도록 그 맛을 음미했다. 눈까지 지그시 감은 채로.

"참으로 천상의 맛입니다, 숙부님."

왕과 달리 서거정은 이 맛있는 고기를 한 점이라도 더 먹어볼 생각에 재빠르게 입을 오물거리고 있었다.

"어째서입니까? 그토록 집안의 멸시를 당하면서도 보도

들도 못한 음식을 계속 만드시는 연유 말입니다."

왕이 웃음기 사라진 얼굴로 심각하게 물었다.

"소신은 워낙에 맛있는 걸 좋아합니다, 전하. 어려서 아무리 천덕꾸러기 취급을 당해도 맛있는 걸 먹으면 서운한 마음이 싹 사그러 들었거든요. 소신이 속상할 때마다 솜씨 좋은 영흥댁이 맛있는 음식을 만들어 먹이면서 저를 살뜰히 보살폈사옵니다. 음식이란 게…… 소신에게는 위로였지요. 하오나 음식은 소신에게 다른 의미도 있사옵니다. 세상사 궁금한 모든 이치가 바로 음식 안에 있었사옵니다. 조선의 사대부들이 성현의 말씀에 푹 빠지듯, 소신은 그저 음식에 빠졌던 것이지요. 음식을 알면 알수록 사람들의 마음을 더 헤아릴 수 있게 되었사옵니다."

"그럼, 서거정 너는 왜 그리 맛난 음식을 졸졸 쫓아다니는 것이냐?"

"소생은…… 맛있는 걸 먹어야 공부가 잘 되옵니다. 무엇보다도 소신이 좋아하는 시가 술술 나옵니다."

"하하하핫! 숙부님, 이게 바로 음식의 공능이 아니고 무엇이겠습니까? 그나저나 여진족 정벌 방안은 좀 생각해 보셨습니까?"

왕의 느닷없는 질문에 서거정은 귀를 쫑긋 세웠다. 한겨울에 눈밭에 앉아 구워 먹는 고기보다 더 뜬금없는 질문

때문이었다.

"전하, 음식으로 대국을 이길 수는 없사옵니다. 양으로 보나, 질로 보나, 대국의 황궁(皇宮) 음식은 사람의 혀끝을 사로잡을 뿐만 아니라, 차려지는 음식의 가짓수도 어마어마하옵니다. 조선의 음식은 이에 비할 바가 아니옵니다."

이교에게 마지막 희망을 걸었던 왕은 실망한 기색이 역력했다.

"그러니 전혀 다른 계책을 세우셔야 합니다."

"전혀 다른 계책이라니요?"

왕은 마지막 동아줄을 잡는 심정으로 이교에게 바싹 다가앉았다.

"음식의 맛이 아니라, 품격으로 승부를 거셔야 하옵니다."

"음식의 품격이요?"

"품격 높은 조선의 음식이 해답이옵니다. 그건 바로 백성의 삶을 생각하는 음식이 아니겠사옵니까? 사신이 당도하는 날, 소신은 전하께서 드시는 수라에 조선 음식의 의미를 담아보고자 하옵니다. 그리고 그 음식을 명나라 사신에게 선보일 것이옵니다."

"다행입니다, 숙부님. 제 의도와 숙부님의 방안이 잘 들어맞는 거 같습니다. 차질없이 진행해 주세요."

왕이 빙그레 웃으며 말했다.

왕은 내심 안도했다. 애초부터 자신은 사람의 입맛을 홀리게 하는 음식 따위로 얼렁뚱땅 명나라 사신의 비위를 맞추며, 북방 개척의 물꼬를 트려는 게 아니었다. 조선의 뛰어난 제도와 문물을 내세워 명 사신을 설득하고자 함이었다. 조선은 북방의 여느 세력들과 비할 바가 아니라는 것을 증명하고 싶었다. 그게 근래 몇 년 동안 자신이 대신들의 숱한 반대를 무릅쓰고 추진하는 일이었다. 바로 조선의 모든 제도와 문물에 최고의 '품격'을 부여하는 것. 그 품격을 드러냄으로써 힘의 개념을 뒤바꾸는 것. 한 나라의 힘이 야만적인 '무력'에서 비롯되는 것이 아니라, 앞선 제도와 그 나라의 '품격'에서 비롯될 수도 있다는 걸 증명해내고 싶었다.

그런데 그간 조선에서 내로라할 정도로 똑똑한 대신들조차 이해하지 못했던 왕의 속내를 이교는 정확하게 간파하고 있었다. 대국의 '규모'와 '무력'을 넘어설 수 있는 힘의 가능성, 바로 '품격'의 의미를 이교는 이해하고 있었다.

왕의 흐뭇한 시선이 이교를 향하고 있을 때, 서거정의 머릿속이 시끌벅적해졌다.

'아니, 여진족을 정벌하는 일에 웬 음식 타령이지? 그것도 화려한 연회 음식이 아니라, 수라상을 선보인다고? 너무 수수하다 못해 초라해서 오히려 명나라 사신의 심기가 불편해지는 건 아닐까? 이 대감이 엉뚱한 거야 온 천하가 다 아는 사실이지만, 전하께서는 왜 저러시지? 세간에 천재로 불리시던 분이…… 도대체 무슨 일이 벌어지고 있는 거지?'

그러다 문득 서거정은 깨닫게 되었다. 그간 집안 어른들의 우려 섞인 말 속에서 들리던 왕이 추진하는 개혁의 의미를.

"아! 성현의 말씀처럼 모든 이치가 하나로 꿰뚫어집니다."[13]

서거정이 손뼉을 치며 소리쳤다.

"그러니까…… 네가 우리의 말을 알아들었다고?"

왕이 눈을 동그랗게 뜨고 물었다.

"예, 전하. 부족한 소생의 생각을 말씀드리자면, 전하께서 즉위하신 후 시작하신 일들은 모두 한 가지 뜻에 통해 있사옵니다. 전하께서는 집현전을 설치해서 조선의 문풍을 진작시키고자 하셨고, 경회루 북쪽에 간의대를 설치하고 하늘의 별까지 연구하게 하셨사옵니다. 어디 그뿐이옵니까? 조선의 실정에 맞는 종묘제례악을 만드셨고, 얼마 전엔 대국의 숱한 의심에도 불구하고 앙부일구(해시계)까

---

13) 《논어(論語)》 위령공 편 "一以貫之"

지 제작하셨사옵니다. 그러니 '음식'으로 대국을 설득해서 여진족을 정벌하시겠다는 뜻 역시 이와 통하는 것이옵니다. 그간 조선은 대국의 힘에 눌려 그 뜻을 무조건 따라왔으나, 향후의 조선은 더 이상 대국의 힘에 휘둘리지 않을 것이다. 조선은 새로운 힘을 창출해낼 것이다. 대국을 능가하는 제도와 문물에서 조선의 힘이 나오게 할 것이다. 뭐 그런 것 아니옵니까? 문제는…… 이 보도들도 못한 새로운 힘이 명나라를 위협할 거라고 의심하고, 우려하는 세력들을 잠식시키는 것이지요. 이를 위해 '힘'의 의미를 적절히 설명해서 저들을 설득하고자 하시는 것이 아니옵니까? 즉 조선의 제도와 문물 속에서 드러나는 '품격'이라는 힘은 '빼앗는 데' 뜻이 있지 않다. 이 힘은 '지키는 데' 그 뜻이 있다. 그리고 그 품격의 힘으로 지켜내야 할 건 오로지 조선의 백성뿐이다. 이렇게 찬란한 힘을 지닌 나라가 바로 조선이다. 그러니 어찌 탐욕에 눈이 멀어 군신과 부자의 예(禮)마저 헌신짝처럼 버리는 저 비루한 여진족에 조선을 비할 수 있겠느냐? 뭐 그런 뜻이 아니시옵니까? 만일 대국의 입장에서 이 힘의 의미를 오해하면 위협이나 도전으로 여길 수 있겠으나, 높은 학식과 덕을 갖춘 자가 사신으로 온다면 이 힘에 깃든 '아름다움'의 의미를 정확하게 이해할 수 있을 것이옵니다. 그리고 전하께서 의도하신 대로 본국으로 돌아간 사신이 황제의 의심을 거두게 할 수만 있다면, 조선의 백성들을 괴롭히는 북방의 여진족들을 쓸어버리고 옛 영토를 회복해도 전쟁이 일어나지 않을 것이 아니오니까? 전하께서는 수만의 병사를 죽음으로 내몰면서 전쟁을 불사하시기보다, 새로운 힘으로 유연하게 저들을 이기실 수 있는 것이지요. 이를 위해서 이교 대감께서 조선의 백성을 생각하는, 품격있는 음식으로 사신의 마음을 움직여보겠다고 하는 것 아닙니까? 우와! 참으로 멋있사옵니다, 전하. 참으로 기발한 계책이옵니다."

서거정의 조리있는 설명에 왕은 턱이 툭 떨어질 뻔했다.

"하핫, 하하하하! 어린놈이 제법이구나! 역시 권근의 손자야. 아니지, 너란 놈은 하늘이 조선에 내려준 귀한 동량지재(棟梁之材, 나라의 기둥이 될만한 인재)로구나."

기쁨의 탄성을 지른 왕의 눈에 눈물이 차오르고 있었다. 천덕꾸러기 숙부와 이 어린놈이 자신의 뜻을 유일하게 헤아렸다는 생각에 감격이 북받쳐 올랐다.

이 와중에도 이교는 무심한 얼굴로 고기를 맛있게 씹어 먹다가, 지루함을 참지 못하고, 급기야 봇짐을 열어 알밤을 꺼내 굽기 시작했다.

"그럼 이제 네가 무엇을 해야 하는지도 알겠구나, 서거정!"

왕이 무릎을 탁, 치며 말했다.

"아…… 소생이 뭔가를…… 해야 하옵니까? 소생은 그저 떠오르는 생각을 정리해서 말씀드린 것뿐이옵니다, 전하."

"아니지, 아니지! 그 생각을 더 펼쳐서 네가 할 일을 알아내야지."

"예…… 그러니까 소생이 이제부터 과거 공부를 더 열심히……."

서거정은 점점 자신이 없어지고 있었다. 고기 한 점 먹으러 왔다가 이게 무슨 봉변인가 싶은 마음이 불쑥 들었다.

"뗙! 잘 나가다가 딴 길로 새는 척하지 말거라. 짐이 오늘 너까지 대동하고 이곳에 온 것은 네게도 맡길 일이 있기 때문이다. 물론 네 말도 틀린 말은 아니다. 응당 과거 시험에 합격해서 얼른 짐의 곁으로 와야 할 것이다. 하지만 지금 더 시급한 일이 있다."

서거정은 이제 울고 싶었다. 자신은 이제 막 관례를 치른 애송이란 걸 왕은 알까, 진득하게 앉아서 과거 공부를 해 본 게 언제인지 기억도 안 난다는 걸 왕은 알까, 타고난 시재로 너무 까불다가 이런 일을 자초한 건 아닐까, 그는 오만가지 걱정으로 코가 쑥 빠진 얼굴이었다.

"사신이 당도하는 날 너도 동석하거라."

"하오나 전하, 소생은 아직 과거도 치르지 못했는데 어찌 그런 중차대한 일에……."

청천벽력같은 어명이었다.

"그러니 더더욱 좋은 것이다. 과거도 치르지 않은 젊은 인재의 시격(詩格)이 그 정도로 높다는 걸 저들에게 보일 것이다. 요즘 조선에 오는 사신들의 수준이 거의 발가락에 낀 때만도 못한 수준이라 짐의 속이 말이 아니다. 그러니 앞으로 사신을 보내려면 적어도 학식과 덕망을 갖춘 자를 보내야 대국으로서의 위신이 서지 않겠냐는 은근한 뜻을 이 기회에 전할 것이다. 부드럽지만 아주 통쾌하게!"

"그럼 소생이 그 자리에서 시를 지어야 하는 것이옵니까?"

"정확히는 수창(酬唱)을 하는 것이다. 편안히 만찬을 즐기며 시재(詩才)를 은근히 겨뤄보는 것이지. 새파랗게 젊은 놈에게 시재로 밀리면 명 사신은 꽤나 당황할 것이다. 속으로 뜨끔하기도 하겠지. 관직에도 나오지 않은 자의 시재가 이 정도라면, 조선의 관료들은 얼마나 더 뛰어난 기량을 지니고 있을까, 놀랍기도 하면서 부럽겠지. 그러면서 의심을 거두고 확신을 갖도록 만들어야 한다. 조선은 이 힘으로 내치에 힘쓰며 오로지 백성들만 지켜낼 거라는 확신 말이다. 그 백성들이 지금 북방 지역에서 여진족의 수탈에 고통받고 있으니, 이를 위해 여진을 정벌하는 거

라는 확신, 여진족을 정벌하려는 의도가 명을 압박하려는
게 아니라는 확신, 명나라 역시 충성 맹세와 배반을 밥 먹
듯 하는 북방의 우환거리들을 믿기보다는, 대국에 버금가
는 문물을 지닌 조선을 믿는 게 나을 거라는 확신 말이다.
이 일을 계기로 앞으로 사신 행차가 당도하면 짐은 양국
사신들 간에 오간 수창시(酬唱詩)를 엮어서 서책으로 만들
것이다.[14] 그리고 명 황제에게도 보낼 것이다. '조선의 품
격이 이 정도인 걸 보였으니, 너희의 품격으로 이에 답하
라.' 뭐 이런 경고랄까? 이로써 짐은 윤봉 따위의 환관 나
부랭이들이 다시는 천한 짓거리로 조선을 압박하지 못하
도록 단속할 것이다. 명나라가 그 위세를 내세워 조선을
깔아뭉개려는 모든 의도를 차단할 것이다."

"우와! 정말 멋있사옵니다, 전하."

서거정은 또 한 번 왕에게 반하고 말았다.

"소생은 그럼 정말 만찬을 즐기면서 편안한 마음으로
시만 지으면 되는 것이지요?"

서거정은 불안한 마음에 재차 확인했다.

"그렇다니까! 숙부님, 부디 저 녀석의 시재가 우물물처

---

14) 《황화집(皇華集)》은 조선 시대 명나라의 사신과 조선의 원접사가 서로 주고받은 시들을 합
하여 만든 국가 시문집이다. 세종 32년(1450)부터 인조 11년(1633)까지 180여 년간 24
차례에 걸쳐 명나라 사신이 조선을 방문할 때마다 양국 간의 시집을 만든 것이다. 명나라
사신과의 수창은 원활한 국교 유지에 크게 기여했으며, 조선의 높은 문화 수준을 과시하였
다. 《황화집(皇華集)》은 조선의 능수능란한 문화 외교를 보여주는 문헌이라고 할 수 있다.

럼 마르지 않도록, 신경 써 주시지요. 끝없이 맛있는 음식으로 든든히 뱃속과 머릿속을 채워주세요. 허허허."

왕이 농을 하며 웃기 시작했다.

무심히 앉아 알밤을 다 까먹은 이교는 칠칠치 못하게 잔뜩 흘려 놓은 밤껍질을 탈탈 털며, 하산할 준비를 시작했다. 왕의 의도를 충분히 알았으니, 그만 내려가서 푹 자고 싶다는 표현을 온몸으로 하고 있었다.

공 내관은 오늘의 이 엉뚱한 모임에 설리맥적(雪裏貊炙)[15]이라는 별칭을 붙이며, 앞으로 자신의 주군이 넘어야 할 산이 태산보다 높겠구나, 걱정하며 긴긴 한숨을 내쉬었다.

---

15) 설야멱적(雪夜覓炙, 눈 오는 밤 화로에 석쇠를 얹어 쇠고기를 구워 먹는 것)에서 따온 말.

간계(奸計)

매서운 바람이 뺨을 후려치고 있었다.

늦은 시각 하나둘 말[馬]에서 내린 사내들이 침통한 얼굴로 솟을대문 안으로 들어서고 있었다. 분주하게 오가는 종들도 눈치만 살필 뿐, 소리조차 낼 수 없을 정도로 집안에 무거운 기류가 흐르고 있었다. 추위에 곱은 손을 호호 불어가며 상을 차리던 여종들도 연회에 버금가는 상 앞에서 흥이 나긴커녕, 그 삼엄함에 가슴을 졸였다.

오늘은 이교의 형제들이 다 함께 모여 가문을 위한 중차대한 일을 논의하기로 한 날이었다. 이교를 뺀 여섯 형제가 모두 모이자, 맏형 이지숭이 입을 열었다.

"지난번 전하께서 교를 은밀히 부르신 것을 들었을 것이다. 교가 숙수 일을 맡았다는 것도……."

"집안 꼴이 말이 아닙니다, 형님. 어찌 그런 천한 일을 덥석 물어버린 건지…… 계속 보고만 계실 겁니까?"

평소 눈치가 빠른 넷째 이담이 맏형의 말에 장단을 맞추었다.

"하여 이리 오늘 너희 모두를 부른 것이다. 전하께서 명나라 사신이 오면 뭔가를 은밀히 추진하시려는 듯하다. 그게 뭔지 도통 감이 잡히질 않지만, 아마도 여진족 수장이 죽었으니 이때를 틈타 여진을 정벌하시려는 뜻이 아니겠느냐?"

"여진 정벌을 위해 군사를 일으켜도 부디 명나라가 묵인해달라, 뭐 그런 의중이신 걸까요?"

정사의 흐름에 늘 촉각을 곤두세우는 이지숭의 추측에, 넷째 이담이 물었다.

"그런 듯하다. 칼과 창보다 서책을 가까이하시는 분이니, 글 꽤나 읽는 사신이 당도하면 설득해 보시려는 게 아니겠느냐? 전하께선 머릿속에 글자만 꽉 들어찬 대신들과 논의하실 때도 밀리시는 법이 없으니, 아마도 사신 역시 그런 방식이 통할 거라고 믿으시는 거겠지."

"방법이 있긴 합니다, 큰형님. 문관이 아닌 장수 출신의 사신이 오도록 미리 손을 쓰면 되질 않겠습니까?"

셋째 이징이 뜻밖의 방법을 제안했다.

"하지만 지금껏 장수 출신의 사신이 파견된 적은 없다. 장수 출신의 사신은 조공국이 군사를 움직이려 한다는 정확한 증좌를 포착했을 때, 강력한 경고와 항복 유도를 위해 파견되는 것이다. 그러니 선불리 소문과 추측만으로 이 일을 시작했다가는 멸문지화를 면치 못할 것이다."

이지숭이 이징의 무모함을 나무라는 투로 말했다.

"그러니 우리 집안이 연루되었다는 것을 알 수 없도록 치밀하게 계책을 세우면 되지 않겠습니까? 변경 지역에 변복한 보부상들을 보내 슬쩍 거짓 정보를 흘리면 되지요."

"간계를 쓰자는 말이냐?"

"셋째의 말에도 일리가 있습니다, 형님. 조선이 군사를 움직여 북방 세력과 손을 잡고 명을 위협하려 한다는 소문이 퍼지기만 하면, 이는 조선에 대한 명의 의심을 부추기게 될 것입니다. 그렇게 되면 우리 집안은 차라리 여진족과 손을 잡고, 명과의 전쟁을 부추겨서 혁혁한 무공을 세우고, 가문의 옛 영광을 되찾을 수 있을 것입니다."

부친 의안대군을 쏙 빼닮은 둘째 이숙이 결연한 어조로 말했다.

"맞습니다, 형님. 여진족 정벌에 대한 조정 대신들의 의견도 분분하니, 차라리 저들의 나약함을 잘 이용하면 여진 정벌을 반대하는 목소리가 커져서 오히려 우리에게 유리하지 않겠습니까? 저들은 지금의 조선이 태평성대를 누리고 있다고 자부하고 있습니다. 칼과 창이 아닌, 붓으로 이루어낸 성과라고 뿌듯해하고 있지요. 하지만 저는 겁을 잔뜩 먹은 글쟁이들의 나약함에 치가 떨립니다. 저들이 여진 정벌에 소극적인 이때, 차라리 우리가 여진과 손을 잡고 명을 압박해야지요."

여섯째 이회가 흥분한 어조로 맞장구를 쳤다.

"무모하게 대국에 맞서느니, 차라리 여진을 정벌하는 것이 현실적으로 승산이 있지 않겠느냐? 우리 집안의 무공이야 온 천하가 다 아는 사실이니, 우리가 마땅히 선봉에 서겠지."

"아니지요, 형님. 지금 전하께서는 여진 정벌을 김종서에게 맡길 생각이시지 않습니까? 그 공을 김종서가 가로채게 놔둘 수는 없습니다."

둘째 이숙이 의안대군의 핏줄들을 제치고 승승장구하는 김종서를 향해 분기(憤氣)를 내뿜었다.

"하지만 형님…… 여진과의 관계가 예전만 하지 않사옵니다. 우리 집안이 여진과의 옛 관계를 회복할 수 있을까요?"

"그래…… 나도 그 점이 가장 우려스럽구나."

막내 이점이 조심스럽게 의중을 내비치자, 이지숭이 고개를 끄덕였다.

함길도 동북면은 조선 왕조의 발상지였다. 태조 이성계

가 동북면에서 세력을 키워가며 지배자로 우뚝 서자, 동북면에 흩어져 살던 여진 부족들이 그의 휘하로 몰려들기 시작했다. 그리고 이성계가 사병을 거느리고 동서로 다니며 정벌할 때, 여러 여진족 추장들이 활과 칼을 차고 그의 곁을 떠나지 않고 종군했었다.[16] 고려 왕조의 혼란 속에서 그를 우뚝 서게 했던 것은 여진족으로 구성된 가별초(활을 쏘는 궁사)들이었다. 가별초는 왜구와 홍건적의 침입에 고군분투하던 이성계에게 큰 힘이 되었고, 그 위세에 힘입어 이성계는 중앙 정계로 진출할 수 있었다. 그리고 그는 조선왕조를 열면서, 자신을 따르던 대소 여진족의 수장들에게 '만호'와 '천호'의 직첩을 내려주고, 후하게 대우했다.

그러나 여진족과 형제의 정을 나누던 이성계가 죽자, 조선과 여진의 관계는 차츰 소원해졌고, 지금은 그마저도 악화되어 변경이 소란스러워졌다. 여진족은 내키는 대로 변방의 백성들을 약탈하는 일이 잦아지고 있었다. 이성계를 주군으로 받들던 여진의 충성스러운 모습은 더 이상 기대할 수 없는 상황이었다.

"형님, 심려 놓으시지요. 여진족의 마음을 돌리는 것은

16) 《태조실록》 4년 9월과 12월 기록 참고.

어렵지 않습니다. 돈! 돈이지요. 저들은 이(利) 앞에서는 부자도 형제도 없는 오랑캐가 아닙니까? 가문의 옛 영광을 되찾기 위해 그깟 재물 조금 풀면 되지 않겠습니까? 그동안 쥐새끼처럼 명에 붙었다, 조선에 붙었다, 하면서 실리를 따르던 여진족의 수장이 죽었으니 오히려 잘된 것 아닙니까? 이 기회에 확실하게 곳간 문을 열어 저들을 우리 편으로 끌어들이면 됩니다. 지금이 가문을 일으킬 수 있는 마지막 기회입니다."

셋째 이징이 호기롭게 소리쳤다.

"음······ 그래. 너희들의 뜻이 그렇다면 나도 따르마. 나는 땅문서를 처분해 은밀히 재물로 바꾸는 일을 맡을 것이니, 둘째 너는 아우들과 간자(間者)로 쓸 보부상들을 알아보거라. 이제야 저승에서 아버님을 뵐 면목이 서는구나. 반드시 해내야 한다. 반드시! 이렇게 중요한 날 술이 빠져서야 되겠느냐? 모두 잔을 들자꾸나!"

"예, 형님!"

형제들은 실로 오랜만에 찾아든 기회에 흥분을 감추지 못했다.

귀뚜라미 황제

　명나라 황제의 처소, 건청궁 안.

　눈이 닿는 곳마다 채색 금박을 입힌 화려한 실내에 거구의 사내가 앉아 말없이 그림을 그리고 있었다. 하얀 종이 위에 또렷하게 드러나는 윤곽은 다름 아닌 원숭이였다. 새끼를 안고 돌 위에 앉아 있는 암컷과 나뭇가지에서 노니는 수컷이 서로 희롱하는 모습이었다. 그런데 암수 모두가 검은색인데도, 새끼는 이상하리만치 옅은 갈색을 띠고 있었다.

　"이 새끼 원숭이 말이다. 나를 닮지 않았느냐?"

　"……."

　황제의 갑작스런 질문에 환관 왕진은 할 말을 찾지 못해 허둥댔다.

　"아니지, 아니야. 나를 닮으려면 암컷과 수컷을 갈색으로 그리고, 이 새끼만 검은색으로 그렸어야지. 다시 그려야겠구나."

거칠게 종이를 잡아챈 황제가 새 종이를 펼쳐 들자, 주위의 환관들은 숨소리를 더욱 낮추었다.

들창코에 검은 피부를 지닌 거구의 사내는 명나라 황제, 주첨기였다.

대국에서는 최악의 관상으로 여겨지던 들창코에 까만 못난이가, 심지어 황제의 서열에서 한참이나 멀리 떨어져 있던 그가 황제에 등극할 수 있었던 건 순전히 조부 영락제의 총애 때문이었다. 그는 어려서부터 총명하고 무예가 뛰어났다. 조부 영락제는 잦은 원정길에 그를 자주 대동하고 다닐 정도로 그에 대한 신뢰가 각별했다. 영락제는 끝없는 대외 원정으로 명나라의 국력을 온 천하에 과시했고, 그것으로도 모자라 전례에 없던 으리으리한 황궁까지 완공해냈다. 조부는 그야말로 영웅다운 면모를 지닌 걸출한 황제였다.

그러나 영락제의 시대가 막을 내렸는데도 온 천하는 아직도 조부의 환영에서 벗어나지 못하고 있었다. 더 잦은 원정으로 정복하게 될 더 광활한 땅, 더 막강한 힘, 더 부유한 생활에 사람들은 열광하고 있었다. 하지만 그는 이제 흙먼지 나는 들판 위에 나뒹구는 시체가 지겨웠다. 그는 원정이 지긋지긋했다. 자신의 치세엔 내치에 힘쓰며 편안한 시대를 열어가고 싶었다. 하지만 그가 태평성대를 꿈꿀수록 조부를 닮지 못한 겁쟁이라는 대신들의 수군거림과 따가운 눈초리가 심해졌다. 처음부터 황제의 씨가 아니었을 거라는 조롱도 들려왔다. 조부도, 부친도 하얀 얼굴인데 유독 그만 까맣게 태어났으니 모두의 의심을 잠식시킬 방도가 전혀 없었다. 그렇게 속에서 열불이 날 때마다 황제는 까만 원숭이를 그려대며 환관들만 닦달하고 있었다.

"황제 폐하, 항주로 보내셨던 환관들이 드디어 환궁하였나이다."

환관 왕진이 안도한 기색으로 아뢰었다.

"오호, 그래? 이럴 때가 아니지. 훈국(葷局, 황실의 육류 요리를 담당하던 곳)과 소국(素局, 황실의 채소 요리를 담당하던 곳)에 기별하여 속히 생선과 검은콩을 갈아 대령하도록 하라."

황제는 그 길로 버선발로 건청궁을 나서서 오문(午門, 황궁의 정문)으로 향했다. 황제가 금수교를 지날 즈음, 환관들이 조심스럽게 항아리를 받들고 황제 앞으로 나오고 있었다.

"모두 수고했다. 속히 뚜껑을 열어보아라."

환관들이 일제히 뚜껑을 열자, 황제의 얼굴에 놀라움이 들어찼다. 황제가 활짝 웃으며 집어 든 건 다름 아닌 실솔(蟋蟀, 귀뚜라미)이었다.

"모두 아주 튼실하게 생긴 놈들이구나, 하하하. 속히 훈국과 소국에서 내온 특식을 먹이도록 하라. 오후에 투실솔(鬪蟋蟀, 귀뚜라미 싸움)을 시작해야겠다."

먼 여정에 지친 기색이 역력한 환관들은 행여라도 실솔들이 죽거나 도망칠까 봐 가슴을 졸이며 먹이를 주기 시작했다. 부디 실솔들이 이번에는 오래 살아남아서 다음 항주 길이 더디 오기를 간절히 바라는 마음으로……

늦더위가 한풀 꺾인 늦은 오후, 옛 왕조와는 비할 수 없을 정도로 웅대한 규모와 위엄을 내뿜고 있는 외조(황제가 정무를 보던 곳) 마당에서 투실솔이 거행되고 있었다. 한껏 들뜬 황제와 달리, 대신들은 이토록 근엄하고 장엄한 곳에서 벌어지는 망측한 짓거리에 똥이라도 씹은 얼굴들이었다.

투실솔은 요즘 황제가 한창 빠져있는 귀뚜라미 싸움이다. 고양이 수염으로 귀뚜라미의 뒷부분을 살살 건드려 약을 올리면 귀뚜라미가 흥분하게 되는데, 이렇게 약이 오른 귀뚜라미 두 마리를 한 자리에 두면 반드시 서로 죽을 때까지 싸우게 된다. 반드시 피를 보고서야 끝이 나는 미물들의 싸움은 인간들의 전쟁과 다름없었다.

더 어이없는 일은 바로 투실솔에서 백전백승하여 살아남은 귀뚜라미는 그 몸값이 어마어마하게 치솟는다는 것이다. 사람들은 천금을 주고라도 이런 귀뚜라미를 구해 싸움판에서 이기고 싶어 했다. 이 사소한 벌레 싸움 때문에 심지어 사람들 사이에 칼부림이 나기도 하고, 전 재산을 탕진하는 이들도 늘어나고 있었다. 황제가 이 놀이에 빠져들수록 사람들도 앞다투어 투실솔에 뛰어들었고, 너나 할 것 없이 가장 강한 귀뚜라미를 구해다가 키우기 시작했다. 황제 역시 이에 질세라, 요즘 강한 귀뚜라미가 많다는 항주로 환관들을 보내 귀뚜라미를 구해오게 한 것이다.

하지만 황제의 투실솔 탐닉엔 남들이 모르는 이유가 있었다.

조부를 닮지 못한 겁쟁이라는 세상의 수군거림에 발끈한 황제는 원정에 목말라 있는, 아니 정확하게는 피 냄새에 목말라 있는 대신들의 뜻을 꺾고, 그들을 실컷 조롱하기 위해 시작한 놀이가 바로 투실솔이었다. 황제는 옛다, 니들이 그토록 목말라하던 피 냄새가 여기 있으니 실컷 즐겨봐라, 하는 심정으로 기이한 행각을 이어가고 있었던 것이다.

그리고 이 말도 안 되는 벌레 싸움에 대신들은 경악하며 머리를 내젓고 있었다. 그들은 황제의 마음속에 숨어버린 '피'의 본능을 일깨울 방안이 절실해지고 있었다.

한편 특식까지 해 먹인 귀뚜라미가 맥없이 죽어버리자, 황제는 흥미를 잃고 건청궁으로 돌아와 만사가 귀찮다는 듯 누워버렸다. 다시 투실솔에서 이기려면 귀뚜라미들을 쉬게 해야 했다. 먼 여정에 지쳤을 테니 더 각별하게 보살펴야 했다.

"황제 폐하, 항주에서 돌아온 환관들이 기이한 소식을 들고 왔사옵니다."

환관 왕진이 황제의 눈치를 살피며 아뢰었다.

"기이한 소식이라니?"

"조선이 군사를 일으켜 여진과 손을 잡고, 명을 겁박하려 한다는 소식이옵니다."

"핫, 하하핫! 조선이 군사를 일으킨다고? 왜? 왜지?"

황제가 배를 쥐고 일어나 앉으며 실소를 금치 못했다.

국초부터 명 황제들은 조선을 주도면밀하게 살폈다. 때론 박하게 굴면서 냉대하기도 했고, 때론 넘치도록 후하게 예우하기도 했다. 그리고 대체로 그들은 여진족 수장, 동맹가첩목아(童猛哥帖木兒)를 곁에 두고 숱하게 조선을 의심해왔다. 온 천하가 알 수 있을 정도로, 황제들은 그저 마음 내키는 대로 조선을 시험하고 있었다. 조선이 머리 숙여 사대에 전념하는지, 아니면 다른 꿍꿍이가 있는지 살피고 또 살폈다. 북방 세력들과 멸망한 원(元)의 잔여 세력들에 신경을 곤두세우면서도 사실 황제들이 가장 견제하는 건 조선이었다.

길들이기.

그들이 조바심치며 혈안이 되어있는 사안은 바로 조선을 길들이는 일이었다. 주첨기 역시 예외는 아니었다. 그의 모든 신경은 조선에 쏠려 있었다. 하지만 그는 여느 황제들과 달랐다. 주첨기는 조선이 아닌, 조선의 왕을 살피고 있었다.

그가 보기에 조선의 왕은 참으로 흥미로운 인물이었다.

늘 꿈지럭대면서 보도듣도 못한 것을 만들어 내며, 조용한 반란을 일으키는 자. 그런데 그 창조물이라는 게 모두 명나라의 손아귀에서 빠져나가겠다는 의도가 담긴 걸작들이었다. 조부 영락제 때에는 감히 하지 않던 일을 자신의 치세에 단행하는 겁 없는 자, 그게 조선의 왕이었다.

황제가 괘씸한 마음이 들 때마다 감당할 수 없을 정도의 조공품을 바치라고 황명을 전달하면, 조선 왕은 또 어김없이 조공품을 바치곤 했다.

도통 그 속을 알 수 없는 자. 꼬투리를 잡으려 할수록 괜스레 자신만 속 좁은 모습을 들키는 듯해서 황제는 귀가 벌게지곤 했다. 황제가 옛다, 엿이나 먹어라, 하는 심정으로 요구한 조공품을 꼬박꼬박 바치고 나면, 조선 왕은 어김없이 겁 없는 행동을 하며 엿값을 요구하곤 했다.

오랜 세월 동안 중국 황실의 음악을 그대로 답습해오던 조선에서 언제 일을 꾸몄는지, 조선의 실정에 맞는 악기를 제작한 후 조선의 아악(雅樂)을 만들어 낸 것이다. 그리고 이젠 조선의 모든 국가 연례행사에 명의 음악이 아닌 조선의 음악을 쓰겠다고 선언하는 것이다. 또 명국의 농법을 충실히 따르던 조선이 갑자기 자신들의 풍토에 맞는 농법을 개발했다며 《농사직설》이라는 서책도 간행했다. 어디 그뿐인가. 조선 왕은 오직 중국의 황제만이 닿을 수 있는 하늘의 영역에까지 침범해서 감히! 감히! 간의대라는 걸 설치하고 별을 연구하더니, 급기야 올해는 앙부일구까지 제작했다.

그리고 조선 왕은 엿값으로 바로 명나라의 묵인과 침묵을 요구했다. 줄 거 다 줬으니 입닥치고 가만히 있으라는 조용한, 그러나 무시할 수 없는 압박.

자신이 조공품에 눈이 멀어 낄낄거리고 있을 동안, 조선 왕은 더 큰 일들을 은밀하고도 치밀하게 도모하고 있었다는 생각에 피가 거꾸로 서기도 했다. 뒤통수를 제대로 맞은 듯했다.

쥐새끼 같은 놈. 황제의 입에 욕이 고였다. 조선 왕은 조

공품을 바친 대가로 서서히 명의 손아귀에서 빠져나가고
있었던 것이다.

황제는 자신을 도발하는 조선 왕이 거슬리면서도 궁금
했다. 칼을 쥐지 않고도 대국을 쥐락펴락하는 조선 왕에
게 적개심이 들기도 했지만, 이제 서서히 호기심마저 일
고 있었다. 그런데 지금 난데없이 조선이 군사를 일으키
려 한다는 풍문이 들려온 것이다.

어처구니없는 거짓말.

덫.

함정.

조선 왕이 그토록 허술한 자가 아닌데, 이게 무슨 얼토
당토 않은 소린지……. 그것도 환관들이 들고 온 소문이라
니……. 의심스러운 구석이 한 두 군데가 아니다. 그런 소
문이라면 응당 변방에서 들려와야 하거늘, 남쪽에서 들리
다니…….

매년 이맘때 즈음이면 항주로 환관들을 보내는 걸 아는
자들이 꾀한 짓이다. 지근 거리에서 황제를 모시는 환관
들을 움직여서 저들이 얻고자 하는 건 뭘까? 불신과 불안
감을 조성해서 전쟁을 일으키려는 세력은 과연 조선의 왕
일까, 그도 아니면 조부의 옛 영광을 되찾으려는 황궁의
신료들일까.

그게 만약 조선 왕의 뜻이라면, 그가 지금껏 보여준 뚝심은 뭔가? 지극 정성으로 사대를 해오면서도 자신이 원하는 걸 당당하게 얻어가던 그 뚝심은 뭐란 말인가? 조선 왕은 더 이상 '전쟁'이 아닌 '수성', 오로지 백성만을 돌보겠다는 확고한 의지를 내비친 게 아니었단 말인가? 더 이상 '원정'이 아닌 '내치'에 힘쓰고자 하는 자신의 뜻이 조선 왕의 의중과 일치한다고 여긴 건 순전히 착각이었던 걸까? 사람의 의도를 꿰뚫어 보는 자신의 직관력에 녹이라도 슨 걸까 싶어 황제는 당황스러웠다.

그리고 황제는 늦은 밤 은밀히 스승을 불러들였다. 위명은 황제가 황태자 시절, 조부 영락제가 직접 택해준 스승이다. 위씨 가문은 명나라를 일으킨 개국공신 가문이었다. 이들은 학문적 소양이 뛰어나 대대로 황태자의 스승으로 임명되었다. 영락제는 손자를 위해 위공의 자손 중에서도 가장 학풍이 높은 위명을 황태자의 스승으로 택했다. 평생을 전쟁터에서 잔뼈가 굵은 자신이 채워줄 수 없는 부분을, 위명이 보강해주기를 바라는 마음에서였다.

위명이 읍하고 나자마자 황제가 입을 열었다.

"조선에…… 다녀와 주셔야 겠습니다."

황제의 목소리가 떨리고 있었다.

"황명은 준엄한 것이온데, 어찌 사신 파견을 이리 예법에 어긋나게 하시옵니까?"

스승다운 질책이었다. 잊고 있었다. 자신의 스승이 얼마나 철두철미한 원칙주의자인지를. 아니, 사실 그리웠다. 농간과 아첨, 시기와 질투, 암투와 간계가 판을 치는 황궁에서, 꼿꼿한 대나무의 성정을 지켜내며, 성현의 가르침이 아닌 잡스러운 것에는 일절 눈 돌리지 않는 스승의 고고함이, 그 순일한 인품이, 그 덕(德)이 그리웠었다.

"자욱한 안개로 뒤덮인, 바람 부는 대숲에 갇힌 느낌입니다."

"하여 소신이 볕으로 안개를 몰아내고, 바람을 걷어내길 원하십니까?"

"그렇게만 된다면 꺾이지도, 변하지도 않을 진실만 남게 될 테니까요."

"무엇을 마음에 두고 계시옵니까?"

"조선 왕의 의중을 확인해야겠습니다."

"환관들이 들고 온 풍문과 관련이 있사옵니까?"

"예. 그러니 확인을 해야겠습니다. 짐의 뜻과 그의 뜻이 일치하는지를요. 우선은 덫을 놓은 자들의 뜻을 따라주는 척할 것입니다. 응당 소문의 진상을 밝히고, 조선을 응징하라고 목소리를 높이는 세력들이 있겠지요. 그들이 소문을 낸 세력과 한통속이겠지요. 전쟁으로 이득을 취하게 될 자들이 서로 손을 잡았을 테니까요. 그러니 저들에게 속는 척 가장 뛰어난 장수를 사신으로 파견할 것입니다. 조공국을 향한 강력한 경고를 내보이는 척해야 하니까요."

"사신 일행이 떠나고 난 후, 소신이 황제 폐하의 밀명을 들고 조선으로 향해야 되는 것이옵니까? 그 밀명을 조선 왕에게 은밀히 전해 그 의중을 확인하고 돌아와야 하는 것이옵니까? 황제 폐하의 의중을 조선 왕이 알아차릴 수 있을 거라 확신하십니까?"

스승의 질문이 거침없이 쏟아지고 있었다.

"그렇습니다. 조선 왕은 일이 이렇게 흘러가리라는 걸 이미 알고 있을 것입니다."

"언제 소신이 떠나면 되겠사옵니까?"

"사신단이 떠난 후 이틀 뒤입니다. 하지만 반드시 사신단이 도착하기 전에 앞지르셔야 합니다. 이렇게 흔쾌히 맡아주실 거라곤 생각하지 못했습니다. 스스로 생각하기에도 한심한 일이라서요. 조공국 왕의 심중 하나 제대로 파악하지 못해서 스승님을 번거롭게 해드리게 되었으니 말입니다."

"허허허. 늙은 몸을 이끌고 만릿길을 쉼 없이 달려야 할 듯합니다. 단, 조건이 있사옵니다, 황제 폐하."

역시 호락호락하지 않은 스승이다.

"무엇…… 입니까?"

"소신이 황제 폐하께서 기다리시는 소식을 들고 환궁하면, 그 이후엔……."

"투실솔에서 손을 뗄 것입니다."

황제는 어린아이 때로 돌아간 듯, 스승 앞에서 머리를 조아린 채 대답했다.

"모두의 눈을 속이실 수 있사오나, 소신은 넘어가지 않사옵니다. 폐하께서 투실솔에 빠지신 속뜻을 소신은 이미 알고 있사옵니다. 조선 왕의 의중이 황제 폐하의 의중과 같다면, 그래서 이 땅이 전쟁으로 얼룩지지 않는다면, 명나라는 그 어느 때보다도 태평성대를 누릴 수 있을 것이옵니다. 그러니 눈속임으로 즐기셨던 투실솔은 더 이상 아니 되옵니다."

"그럴 시간도 없을 것입니다. 이제 제대로 황국을 다스려볼 생각이니까요. 차가 많이 식었습니다, 스승님."

황제가 찻잔을 들어 올리자, 그제서야 위명은 고아한 자세로 차를 음미하기 시작했다.

별천지, 사옹방

덜컹덜컹, 덜커덕.

끝없이 밀려드는 수레가 멈춰선 곳은 사옹방 앞이었다. 각지에서 올라온 진상품들이 수레를 가득 채우고 있었고, 앞뒤에서 수레를 밀고 끄는 종들의 이마에선 굵은 땀방울이 떨어지고 있었다. 입구에서는 설리내관(진상품을 검사하는 사옹방 소속 실무자)이 장부를 들여다보며 진상품을 확인하고 있었다.

가장 시끌벅적하고 분주한 아침나절, 느긋하게 뒷짐을 진 사내와 그 뒤를 따르는 낯선 이들이 사옹방 앞에 다다랐다.

"휴…… 대감마님, 무슨 궐내가 이리 저잣거리 같을까요?"

긴장한 영흥댁이 옷매무새를 고치며 물었다.

"그러게요. 저는 임금님 사시는 궐이라고 해서 번쩍번

쩍 황금 칠이 되어있을 줄 알았는데요, 쩝."

실망한 길복이가 중얼거렸다.

"이곳이 궐내에서 가장 재미있고 신나는 곳이다. 다른 데는 뭐…… 별로 볼 게 없어. 그냥 전하가 사시는 큰 집이다, 시중드는 궁인들이 참으로 많구나, 라고 생각하면 된다."

눈을 수레에 고정한 채 이교가 말했다.

대궐에 볼 게 별로 없다니!

먹을거리 빼곤 세상 그 어떤 것에도 관심이 없는 주인을 바라보며 두 사람은 고개를 절레절레 흔들었다.

"얼쩡거리지 말고, 냉큼 비켜서거라. 바쁜 거 안 보이느냐?"

설리내관이 세 사람에게 호통을 쳤다.

"아! 맞다."

이교가 품속에서 얼른 종이 한 장을 꺼내 설리내관에게 건넸다.

"그러니까…… 주상전하께서 너희들의 사옹방 출입을 허락하셨다는 거구나. 그런데 네 주인은 어디 계시느냐?"

설리내관이 짜증스러운 목소리로 물었다.

"그러니까 그대가 찾고 있는 그 주인이…… 바로 나요."

"앗! 송구합니다요. 죽을죄를 지었습니다. 하온데 왜 대감께서 의복을……."

"아, 이거? 편하게 일을 하려면 갓과 도포 차림이 가당키나 하겠소?"

이교가 설리내관의 어깨를 툭툭 치며 사옹방으로 들어가 버리자, 그는 망연한 표정이었다. 왕실 종친이 천한 숙수의 옷을 버젓이 입고 나타난 것도 어이없는데, 심지어 뒤따르는 두 종과 동일한 복색이라니…… 걸음걸이만 빼면 딱 종놈 행색을 한 왕족을 누가 상상이나 할 수 있었겠는가?

"우와, 세상에! 대단하지 않느냐? 이렇게 멋질 수가!"

이교는 전국 각지에서 올라온 진상품에 눈이 휘둥그레졌다. 그는 사옹방의 규모에, 아니 더 정확히는 식재료의 가짓수에 턱이 툭 떨어질 지경이었다. 그 순간 그는 주상 전하가 세상에서 제일 부러워지기 시작했다. 날마다 매끼 색다른 재료로 만든 가지각색의 음식을 맛볼 수 있다니…… 심지어 사옹방은 왕의 침전에서 가까운 곳에 위치하고 있으니, 먹고 싶을 때 아무거나 먹을 수 있다는 소리가 아닌가. 부러움에 눈이 멀면 안 된다, 전하께서 이번 일만 잘 끝내면 명나라에 보내주신다고 했으니 정신 똑바로 차리고 있어야 한다, 고 수없이 다짐하며 이교는 허리를 곧추세웠다.

"대감마님, 침 떨어지겠어요. 제발 오늘은 자중하세요."

어느새 소쿠리를 들고 온 영흥댁이 잔소리를 했다.

요즘 영흥댁과 길복이는 자신의 주인이 미친 사람 취급을 당하는데 이골이 나 있었다. 차라리 지방을 떠돌며 한직에 있을 때가 더 나았다. 관리가 조금 이상한 괴짜다, 라는 소문이 지방에 떠도는 것과 한양 한복판에서, 그것도 궐내에서 그런 소문이 파다하게 떠도는 건 천양지차(天壤之差)니까.

왕명을 받은 후, 이교는 영흥댁과 길복이를 대동하고 사신을 맞이할 준비를 시작했다. 밥상을 차려내기 전에 식재료를 면밀히 검토하는 것이 가장 중요하다는 게 평소 이교의 지론이었기에, 이들은 신선한 재료를 구하러 다니실 건가 보다, 라고 가볍게 생각했었다.

틀린 말은 아니었다. 이교는 요즘 어소(魚所)와 채마전(菜麻田), 그리고 훈조동(熏造洞, 궐에서 쓰일 메주를 쑤던 곳)을 기웃거리고 있었다.

궐에서는 가까운 곳에 여러 어소를 두고, 신선한 어물을 잡아 공상(供上, 토산물을 바치는 일)하게 했는데, 행주와 안산의 위어(葦魚, 웅어)와 소어는 특히 유명했다. 일주일 전, 행주 어소에 도착한 이교는 그야말로 미친놈 취급을 당했었다. 그는 위어 꼬리를 잡아 올린 채 무슨 연모하는 여인 바라보듯 그윽한 눈길을 보내고 있었다. 그런데 그의 종놈 복색 때문에 어소의 관리자들이 조정에 올리는 음식에 함부로 손댔다고 목덜미를 잡아채서 질질 끌고 가 치도곤을 당할 뻔한 것이다. 기함한 길복이가 냉큼 달려가 상황을 고하자, 그들이 연신 머리를 조아리며 사죄를 했었다.

어디 그 뿐인가.

이틀 전에는 훈조동에 들러, 꼬리꼬리한 냄새가 진동하는 메주 더미에 둘러싸여 마냥 신이 난 얼굴로 코를 킁킁대는 바람에 몰매를 맞을 뻔했다. 이유는 같았다. 종놈 복색 때문이었다. 영흥댁이 제발 도포 차림으로 가셔야 한다고 간청했지만, 이교는 듣는 둥 마는 둥 하더니 오늘도 기어이 사옹방에 그 꼴로 나타난 것이다.

이교는 진상품들을 하나하나 만져보고, 냄새를 맡아보고, 맛도 보고, 상태도 살피며 간간이 콧노래까지 흥얼거리고 있었다.

진상품 검사와 운반을 마친 사람들이 사옹방 주변에 모여 그의 행동을 흘끔거리기 시작했다.

"저분이 주상전하의 숙부시래."

"진짜? 얼레! 그런데 행색이 왜 저 모양이신 거야?"

"그 유명한 의안대군의 아드님, 꼴통 아드님 몰라? 장수 집안에서 말 못 타고 활 못 쏘는 그 꼴통 아드님…… 크크크."

"그런데 음식은 기가 막히게 잘 만드시나 보던데! 소문이 자자해.”

“나도 들은 거 같아. 천상의 음식처럼 입에 살살 녹는대.”

“에이, 설마. 그냥 종친이 음식 조금 만들 줄 아니까 호사가들이 허풍을 떠는 거겠지. 그렇잖아. 사내가 음식에 손대는 거야 우리 같은 천한 숙수들에게나 있을 법한 일이지, 종친에게 가당키나 한 일이냐고. 아마 음식을 만들 수 있다는 건 헛소문이고, 그저 맛에 뛰어난 감각이 있다는 거 아닐까?”

“아무리 그래도 주상전하께서 이번 사신 행차 진연에서 대령숙수를 제치고, 직접 수라간 일을 맡기신 건데, 괜한 헛소문이겠어? 일하는 데 편하다고 숙수 복장까지 차려입고 나타난 걸 보면 완전 문외한은 아닐 거야.”

“그런가? 아니, 그나저나 일하겠다고 온 양반이 하루 종일 창고에 처박혀서 저리 노셔도 되는 거야? 재미난 완롱물(장난감)을 발견한 아이마냥 신이 나셨는데.”

“허허허. 그러게. 참 별나 보이긴 한다.”

“그나저나 사신단을 영접하려면 찬품단자(궐에서 상에 올리는 음식과 재료를 두루마리 종이에 정연하게 적은 것)도 작성할 궁리를 하셔야 될 텐데, 언제까지 저렇게 노시려나.”

“찬품단자라는 걸······ 알긴 아실까? 크크큭.”

“이번 사신 진연 준비도 순탄치가 않겠네 그려. 자자, 다들 일이나 하자고."

이교가 이 싱싱한 재료들에 흠뻑 빠진 채, 이와 어울리는 음식을 머릿속으로 구상하고 있다는 건 영흥댁과 길복이 말고는 그 누구도 알지 못했다.

한창 구경하던 이교가 갑자기 시무룩해지자, 영흥댁이 물었다.

"대감마님, 무슨 일 있으십니까? 어찌 안색이……."

"영흥댁, 길복이 시켜서 설리내관 이리로 오라 하게."

이교는 누런빛의 바스러질 듯한 미역을 만지작거리고, 곤쟁이젓을 뒤적거리며 안색이 어두워졌다.

"부르셨습니까, 나으리?"

"이 미역과 곤쟁이젓은 함길도와 평안도에서 온 것이 맞는가?"

"예, 맞습니다."

"그런데 어째서 질이 이다지도 떨어지는 것인가? 궐에 진상되는 함길도 미역이라면 응당 두툼하고 짙은 색을 지닌 것이 최상품이 아닌가? 그리고 평안도에서 진상되는 곤쟁이젓 크기는 또 왜 이리 자잘한 것인가? 또한 곤쟁이는 토하(土蝦, 새우)와 다르게 자색(紫色, 보랏빛)빛을 더 띠어야 하거늘, 이는 필시 곤쟁이가 부족해 토하와 섞어놓은 것

이 아닌가? 자색보다 붉은빛이 더 도는 걸 보니, 분명 토
하가 대부분인 게지."

"그것이…… 천한 제가 어찌 알 수 있겠사옵니까? 다만
변방 지역에 변고가 있으면 이런 일이 간혹 있사옵니다.
저희야 각도에서 올라오는 진상품의 목록과 수량만 확인
할 뿐이지요. 그 외의 사안은 모두 윗분들께서 하시는 일
이라……."

설리내관이 말끝을 흐렸다.

'그렇지. 그렇겠지. 변방 지역에 기근이 들거나 오랑캐
가 침략하면, 백성들이 어찌 평시대로 최상의 진상품을
올릴 수 있겠는가…… 고작 이 정도 진상품의 수량이라도
맞추기 위해 지방 절도사들은 백성의 고혈을 짜냈을 것이
다. 진상품을 올리지 못한 불충의 책임은 파면의 형태로
돌아올 테니, 그것만은 피해야겠다는 생각에 백성들을 벼
랑 끝으로 내몰았겠지. 사옹방에서야 물건을 확인하고 바
로 수라간으로 보내면 할 일을 마친 것이니, 쉬쉬하며 진
실을 숨기겠지. 수라간으로 간 식재료들은 그야말로 쫑쫑
다지고, 잘게 썰고, 지지고, 볶으면 애초의 재료 상태를 윗
분들이 확인할 길이 없을 테니 다행인 거고. 궐로 보내지
는 진상품에는 백성들의 고된 삶과 상황이 이 고스란히
들어 있는데도, 모두 한통속이 되어 침묵하고, 눈을 감아

버리는 것이 아니겠는가. 그저 제 밥그릇 지키기에만 혈안이 되어있는 거지.'

내뱉을 수 없는 말이 입가에 맴돌았다.

그의 마음에 묵직한 납덩이가 내려앉는 듯했다.

하마터면 사실을 고할 뻔했던 설리내관은 가슴을 쓸어내렸다. 책임이야 윗분들이 질 테고, 자신은 장부에 적힌 물품을 꼼꼼히 확인만 하면 그만이라는 생각으로 마음을 추슬렀다. 그래도 자꾸 두려운 생각이 스멀스멀 올라오는 건 어찌할 도리가 없었다. 지금껏 그 어느 윗분도 어디에서 어떤 진상품이 올라오는지 세세히 알지 못했고, 진상품의 질을 저토록 세세히 파악할 수 없었기 때문이다. 만만치 않은 상대가 사옹방에 발을 들여놓았다는 생각에 설리내관의 미간에 짜증스러운 주름이 잡혔다. 그저 하릴없이 사옹방을 서성이는 통에 걸리적거려 죽겠다는 심정으로 그를 가볍게 여겼던 자신의 아둔함에 채찍질을 하고 싶었다.

'좋은 시절은 다 끝장났구나. 저 정도의 동물적 감각이라면, 내가 그동안 사옹방에서 아무도 모르게 빼돌려 윗분들에게 바쳤던 물건들도 필시 꼬리가 잡힐 텐데……. 이를 어쩌지?'

설리내관의 한숨이 깊어지고 있었다.

안개로 뒤덮인 밤

인적이 드문 으슥한 산길에 투덜거리는 소리가 끝없이 이어지고 있었다.

"아이고, 다리야. 우씨! 맛난 것만 먹으면 된다고 하셔놓고, 이게 도대체 무슨 꼴인지 모르겠네. 어심(御心)은 천심(天心)이라 했거늘 어찌 어심이 그리 변덕스러우신 거지?"

맛난 거 찾아다니며 걸을 때는 콧노래가 나오던 서거정이 지금 불퉁거리는 건 순전히 왕명 때문이었다. 남들은 과거에 급제해 왕 앞에 나가는 게 최고의 영광인 조선에서, 그에게 왕은 그야말로 자신을 어린애 취급하면서 귀찮은 일만 냅다 시키는 마뜩잖은 존재였다. 집안에서 알면 불충이라고 펄쩍 뛰었겠지만, 그야말로 밀명을 받고 떠나는 마당에 스스로 왕을 조금 욕해도 뭔 상관이랴 싶어 그는 지금 마구마구 투덜거리는 중이었다.

닷새 전, 야심한 시각 서거정은 느닷없이 왕 앞에 불려

갔었다. 맛있는 음식을 가득 차려놓고 그를 기다리던 왕은 그가 음식을 한 입 먹기도 전에 불쑥 말했다.

"이거 먹고나서 서둘러 의주에 다녀오거라."

"켁, 케켁."

"이런, 이런, 많이 놀랐구나. 물부터 좀 마시고."

"의주에…… 소생이요?"

"지난번에 말하지 않았느냐? 네게도 시킬 일이 있다고."

"사신이 당도하면 맛있는 음식을 먹는 것 아니었사옵니까?"

"맞다. 의주에 가서 맛있는 것 먹고, 밀사를 영접해오거라."

"밀, 밀사요? 곧 당도할 사신 말고, 밀사가 또 있사옵니까?"

"짐이 이번에 꼭 만나야 할 사신은 모화관을 통해 공식적으로 오는 이가 아니라, 바로 네가 은밀히 영접해와야 할 밀사다."

"그게 무슨 말씀이시온지 소생은 도통…….."

"지금 황명을 받들고 오는 사신은 명나라 장수 황표창이다. 아마도 조선이 여진과 손을 잡고 군사를 일으킨다는 헛소문이 명으로 흘러 들어갔겠지. 그러니 명 황실은 조선에 삼엄한 경고를 하기 위해 장군 출신의 사신을 보내는 것이다. 하지만 그간 짐이 보아온 명 황제는 의심이 많고 신중한 사람이다. 전쟁보다는 내치에 힘쓰고자 하고 있지. 필시 황제는 밀사를 따로 보낼 것이다. 그리고 밀사에게 반드시 사신단보다 먼저 한양에 도착해야 한다고 재촉했을 것이다.”

“그러면 한양에서 밀사를 맞이하면 되는 것이 아니옵니까? 어찌 의주까지…….”

“소문을 퍼뜨린 자들은 필시 명과 조선의 관계를 이간질해 의심을 부추기고, 전쟁을 일으키려는 자들이다. 그런데 이들의 종적이 너무 묘연해서 그 꼬리를 잡을 수가 없다. 그건 저들이 보부상 행세를 하며 전국을 떠돌며 거짓 소문을 뿌리고, 이동하기 때문이지. 그리고 그들은 백성들 사이에 숨어서 은밀히 상황을 지켜볼 것이다. 황제의 밀사는 간자들이 보부상 행색을 하는 것도, 저들이 결속해서 민첩하게 행동하는 것도 결코 알지 못할 것이다. 분명 급히 말을 달리는 데에만 온 힘을 쏟겠지. 그러니 그들이 조선의 첫 관문인 의주에 닿은 후, 멈추지 않고 말을 달리면 반드시 그 정체를 들키고 말 것이다. 변방 지역의 간자들은 이미 이런 일을 처리하는 데에 이골이 난 자들이다. 그들은 자신들과 손을 맞잡은 사신단이 무사히 모화관에 당도할 때까지 경계를 늦추지 않을 것이다. 사신단의 일을 방해하는 세력은 모두 죽이려 하겠지. 저들이 경계를 풀었을 때, 그때 뒤통수를 쳐야 한다. 저들은 보부상 행색을 했으나 필시 칼을 쓸 줄 아는 자들일 것이다. 그러니 밀사의 신변을 안전하게 보호해서 영접해와야 한다."

"하오나, 전하. 소생은 무예라고는 제대로 배워 본 적이 없사옵니다. 그런 제가 어찌 밀사를 보호할 수 있겠사옵니까?"

"이미 황제가 호위무사를 딸려 보냈을 것이다. 그러니 너는 그저 네가 잘하는 것을 하고 오너라."

"……."

"짐이 모화관에서 사신단을 영접하고 환궁할 때까지 밀사의 발을 붙들어놓고 있어야 한다. 결코 한양 땅에 서둘러 들어와서는 안 된다. 짐이 환궁한 후, 밀담이 이루어져야 한다. 너는 황급히 한양으로 오려는 밀사를 찾아내어, 놀고먹다가 천천히 오면 된다."

왕의 명령을 들으며 서거정의 얼굴은 점점 흙빛이 되어갔다. 대체 자신이 무슨 수로 이 엄청난 일을 할 수 있다고 왕은 믿는 걸까. 그리고 덧붙이는 왕의 말이 더 가관이었다.

"그 역시 먹는 것 좋아하는 위인이니, 의주 땅에서 제일 맛난 음식을 골라 먹어라. 그리고 연로한 그의 몸을 생각해서 쉬엄쉬엄 시(詩)를 주고받으며 오면 되느니라. 아무리 생각해도 놀고먹으며 시 짓는 일로는 너를 따를 자가 없을 듯하구나. 허허허."

서거정의 마음에 의심이 밀려들었다.

'왕께서 밀사가 올 거라고 어찌 저렇게 확신을 하시지? 심지어 전하께서는 지금 누가 올지 정확히 알고 계신다는 어조가 아닌가? 밀사가 먹는 거 좋아하고, 연로한 나이라고? 전하께서 정사의 흐름을 읽는 데 탁월하신 건 알겠으나, 세상일이 어찌 본인이 짠 판대로 흘러갈 거라고 저토록 확신하시는 걸까?'

이게 바로 서거정이 맛있는 음식을 먹고, 호위무사 한 명 없이 곧장 한양에서 내쫓겨 의주로 향하고 있는 이유다.

쉼 없이 발을 놀리면서도 서거정의 머릿속엔 생각이 멈추지 않았다.

'허기진 밀사가 의주 땅에서 은밀히 찾아갈 곳은 어디일까? 전하의 말씀처럼 밀사는 호위무사를 거느리고 올 텐데, 괜스레 의심만 받다가 목이 잘려 죽지는 않을까? 황제의 밀사가 연로하다면 분명 학문도 뛰어날 텐데, 나는 아직 관직에도 못 나갔으니 황제국을 무시했다고 펄쩍 뛰는 건 아닐까? 내가 왕명을 받들고 왔다는 걸 밀사가 안 믿으면 어쩌지? 난 살아서 한양 땅을 다시 밟을 수 있는 건가?

그나저나 의주에서 제일 맛난 게 뭐였더라?'

서거정은 퍼뜩 생각났다는 얼굴로 발걸음을 재촉했다.

여름이라곤 믿기지 않을 정도의 쌀쌀한 바람이 휘몰아치는 밤에 수염을 휘날리며 말을 달리는 두 사내가 있었다. 황제의 밀사 위명과 호위무사 진치였다. 사신단을 앞지르기 위해 밤낮으로 달리던 두 사람은 이윽고 변방 지역에 도착했다. 어서 마을이 있는 곳에 닿아 따끈한 국물이라도 마셔야겠다는 생각이 간절해지고 있었다.

주막 앞에서 황급히 말을 세운 그들이 말을 묶고 있을 때, 앳된 목소리가 밤공기에 실려 왔다.

"먼 길 오시느라 노고가 크셨사옵니다."

"웬 놈이냐?"

"두 분께서 많이 허기지실 듯하여 미리 국밥과 교자(만두)를 시켜놓았사옵니다. 안으로 드시지요."

"누구냐고 물었다."

"왕께서 밀사를 영접하라고 보내셨나이다."

"풋, 푸하하. 어린놈이 겁도 없구나."

위명은 왕명을 받들고 왔다는 그의 당당함에 기가 찼다. 위명의 경계가 심해지자, 진치가 칼을 빼 들고 서거정의 목에 댔다.

"소생은 그저 왕명을 받들 뿐이옵니다."

"네가 왕이 보낸 자라는 걸 어찌 증명하겠느냐?"

서거정이 두려운 기색없이 또박또박 힘주어 말하자 위명이 물었다.

"왕께서 안개로 뒤덮인 밤에 등불이 되어드리라고 하셨나이다. 그리 말하면 아실 거라 했나이다."

'틀림없이 왕이 보낸 자다. 안개 속에 있다는 황제의 의중을 정확히 간파하고 있구나.'

"길을 터라."

위명의 말에 서거정은 이들을 방으로 안내했다. 따듯한 봉놋방 안에는 먹음직스러운 국밥과 교자가 차려져 있었다.

"의주에 오시면 꼭 드셔야 할 별미이옵니다."

"그대는 맛을…… 잘 아는가?"

"소생은 먹을 것을 귀히 여기고, 좋아할 뿐입니다."

위명은 따끈한 국물과 젊은 녀석의 입담에 조금씩 경계심을 풀었다. 그리고 내심 놀라고 있었다. 조선 왕이 자신이 올 것을 미리 알아차린 것도 놀라웠지만, 자신이 조선에 올 때마다 따끈한 국밥을 즐긴다는 것까지도 놓치지 않는 치밀함에 긴장이 되었다. 그러면서도 한편으로 자신의 주군은 황태자 시절 스승이었던 자신을 밀사로 보냈는데도, 조선 왕은 이제 막 관례를 치렀을 법한 애송이를 보냈다는 생각에 미간이 찌푸려지는 건 어쩔 수 없었다. 도대체 조선 왕의 속을 알 수 없어 갑갑하다던 황제의 마음이 이해되고 있었다. 대체 조선 왕은 어디까지 상황을 꿰뚫어 보고 있는 걸까. 그 끝을 가늠하기 어려워 두렵기도 했다.

한편 서거정은 자꾸 자신의 목을 어루만졌다. 댕강 잘려 나갈 뻔했다는 생각에 오한이 들면서도 국밥을 한술 뜨자, 거짓말처럼 편안해졌다. 그리고 난생처음 대국 사람들과 마주 앉아 먹는 음식에 조금씩 웃음을 되찾고 있었다.

그러면서도 왕에 대한 원망은 잊지 않았다.

'전하, 소생 오늘 진짜 죽을 뻔했사옵니다. 휴⋯⋯.'

'허허허. 네가 죽지 않고 잘 해내리라 믿었느니라. 짐이 너를 많이⋯⋯ 아낀다.'

왕의 목소리가 넘실넘실 바람을 타고 들려오는 듯했다.

사신 맞이

의주에 사신이 당도했다는 전갈을 받자마자 이숙은 간자들을 은밀히 불러모았다. 해시(亥時, 밤 9시~11시 사이)가 넘은 시각, 허름한 창고 안으로 보부상 행색을 한 사내들이 모여들었다.

툭, 툭, 툭, 툭…….

사내들 앞에 묵직한 주머니가 던져졌다. 주머니 안에는 험표(보부상의 신분을 증명하는 표식)와 두둑한 엽전 꾸러미가 들어 있었다. 간자들의 정체가 발각되지 않고 일을 마무리하려면 험표가 꼭 필요했다. 간자들이 아무리 감쪽같이 변복해도 험표 없이는 제대로 보부상 행세를 할 수 없었기 때문이다. 험표 없이는 상행위는 물론 객주에 유숙하는 것도 불가했기에, 이숙은 집안에서 건네는 돈으로 제일 먼저 간자들의 거짓 험표부터 마련했다. 보부상들 사이에 숨어들어 사신단을 살피려면 더없이 신중해야 했기 때문이다. 떠돌아다니며 헛소문을 흘리는 것만으로는 일을 성사시킬 수 없었다. 이제부터가 진짜 시작이었다.

"혐표가 거짓인 게 들통나면 일을 그르치게 될 것이다. 그러니 혐표를 잃어버리지 않도록 각별히 신경 쓰거라. 나머지 수고의 대가는 일이 성사된 후에 치를 것이다. 사신 일행이 의주를 떠나 정주, 안주, 평양, 황주, 개성을 지나 입경(入京)할 때까지 각자의 위치에서 경계를 더욱 삼엄히 하라. 특히 영접사가 의주에서 영칙의와 연향을 베푸는 사이, 급히 한양을 향해 말을 달리는 자가 있는지 세심히 살펴야 한다. 수상한 자가 있으면 가차 없이 베어라. 그리고 모두 이것을 들고 떠나라."

이숙은 이들에게 새로운 막대기를 건넸다. 언뜻 보기에는 지게를 고정하는 보통 막대기처럼 보였지만, 날카롭게 벼린 칼이 안에 숨겨져 있었다. 이숙은 각지로 흩어지는 이들의 뒷모습을 오래도록 바라보았다.

그와 형제들은 황표창이 사신으로 오고 있다는 소식에 쾌재를 불렀다. 거짓 정보가 황제의 귀에 닿기까지 간자들을 매수하고, 환관들에게 뇌물을 주느라 꽤 많은 재산을 쓰긴 했지만, 상관없었다. 이제 황표창이 왕을 만나 거병 사실을 들춰내어 추궁하고, 전쟁을 불사하겠다는 황제의 칙서를 전달하게 하면 되는 것이다. 왕족 작위를 빼앗기고 숱한 세월 동안 울분에 찬 채 숨죽여 살아온 그는 이제야 세상이 자신의 능력을 알아봐 줄 거라는 생각에 가슴이 벅차올랐다. 힘껏 움켜쥔 칼에서 비릿한 쇳내가 훅 끼쳐오자 숙연해지기까지 했다.

여인의 눈썹을 닮은 달이 까만 밤하늘에 걸려 있었다. 침전으로 향하던 왕의 발걸음이 멈춰선 곳은 경회루 근처였다.

공 내관은 왕이 잠시 경회루에 올라 달빛이라도 바라보시려나 싶어서 냉큼 아뢰었다.

"전하, 달빛이 고운 밤이니 오랜만에 경회루에 오르시겠나이까? 귤피차를 준비하라 이르겠나이다."

하지만 공 내관의 바람과는 달리 왕의 시선이 향한 곳은 어둑한 구석이었다. 공 내관은 불안한 마음으로 왕을 바라보았다. 오늘 하루 종일 왕은 이상했다. 아주 많이 이상했다. 어전회의를 할 때도, 주강과 석강 시간에도 온통 정신이 딴 데 팔려 입을 여는 일이 없었다.

"전하…… 무슨 근심이라도 있으시옵니까?"

"공 내관, 내일 궁인들을 시켜 저곳을 깨끗이 치워놓거라."

"전하, 경회루는 전하께서 명하지 않으셔도 궁인들이

티끌 하나 없이 날마다 소제하는 곳이옵니다. 사신들이 당도할 즈음이 되었으니 응당 더 신경을 쓸 것이옵니다. 그러니 그런 걱정은……."

"아니, 아니. 거기 말고, 저기."

왕이 손가락으로 가리킨 곳은 바로 초가였다.

"설마 또 초가 살이를 시작하려 하시옵니까? 전하, 제발 옥체를 생각하시옵소서."

왕이 즉위한 지 3년이 지나도록 조선 땅엔 기근과 역병이 끊이지 않았다. 굶어 죽는 백성들이 늘어날 때마다 괴로워하던 왕은 급기야 경회루 옆에 떡 하니 초가 한 채를 지었다.[17] 그리고 왕은 정무를 끝내면 곧장 초가로 가서 장계를 확인하고 침수 들었다. 경회루 옆 초가는 겉만 초가 흉내를 낸 게 아니라, 안에 있는 물건과 이부자리까지도 백성과 똑같은 초가였다. 백성의 고통을 함께 하겠다는 왕의 고집을 어느 누구도 꺾지 못한 채 왕의 별난 초가 살이는 2년 넘게 지속되었다. 그리고 백성들의 삶이 안정을 되찾아가자 왕도 자신의 침전으로 돌아갔다.

그리고 그 후, 오랜 세월이 지나도록 공 내관은 초가를

---

17) 《세종실록》 3년 기록 참고.

잊고 있었다. 그런데 또다시 왕이 초가 앞에 서 있는 것이다. 이제 초로(初老. 40세)의 나이에 들어선 왕이 과연 초가살이를 견뎌낼 수 있을지 공 내관은 걱정이 앞섰다.

"아니다. 이번엔 그저 하룻밤만 머물 것이다. 은밀히 만나야 할 손님을 그곳에서 맞이할 것이다."

하룻밤이라는 말에 가슴을 쓸어내리던 공 내관은 설마 하는 마음에 다시 물었다.

"그런데 누추한 초가에 오실 손[客]이 누구시옵니까? 설마…….'

"맞다. 황제의 밀사를 초가에서 맞이할 것이다."

"예에? 밀사를 경회루에서 큰 연회를 베풀어 맞이하는 게 아니라, 초가에서 만나신다고요?"

"사신이 아니라 밀사를 만나는 것이니 응당 은밀한 곳이어야 하겠지?"

"그럼 근정전에서 야심한 시각에…….'

"근정전에서 버젓이 밀사를 만나면 그게 비밀리에 되겠느냐?"

"아…… 그래도, 아무리 그래도 초가는…… .'

공 내관이 말끝을 흐렸다.

"네가 걱정하는 바를 짐이 안다."

공 내관은 황제의 밀사를 그따위로 대접했다가 나중에

그 사실이 알려지면, 분노한 황제가 전쟁이라도 일으킬까
봐 조마조마했다.

"하온데 어찌 그리 무리수를 두시옵니까?"

"무리수를 두는 게 아니라 건.곤.일.척! 온 힘을 기울여
마지막 승부를 겨루는 것이다. 만만치 않은 싸움이 될 것
이다."

"그러니까 왜 마지막 승부를 초가에서 벌이신다는 것
이옵니까? 소신은 무지하여 도통 어심을 헤아릴 수 없나
이다."

"네가 무식해도 괜찮다. 이해하라고 한 말이 아니니, 너
무 괘념치 말거라. 허허허."

왕이 슬쩍 농을 걸었다.

공 내관이 어느새 골똘히 생각에 잠기자, 왕이 쐐기를
박듯 말했다.

"예전처럼 방바닥 좀 따듯하게 해 보겠다고 짚자리를
깐다거나, 비단 금침을 옮겨놓는다거나, 밀사가 온다고
호들갑을 떨면서 번쩍이는 물건들을 초가에 들여놨다가
는 호되게 경을 칠 것이다. 명심하거라, 공 내관!"

"예……, 전하."

속을 들켜버린 공 내관이 시무룩해져서 대답했다.

맴맴, 맴맴, 매애앰.

한여름의 매미 소리에 일찍 깬 공 내관이 이른 아침부터 바빴다. 사신을 맞이하는 날이면 예민해지는 왕 때문에 수라며 다과며 의복까지 꼼꼼히 점검하느라 여념이 없었다. 그런데 오늘따라 왕이 여상한 모습을 보이자, 공 내관은 자신의 긴장이 오히려 무색해질 지경이었다.

"전하, 사신단이 홍제원에 이르러 새로운 의복으로 갈아입었고, 조복과 잠영을 갖춘 우리 관료들의 영접을 받았다고 하옵니다."

"공 내관, 나갈 채비를 하거라. 사신들이 여러 고을에 들러 배터지게 먹고, 마셨을 테니, 이제 나도 내 일을 해야지."

"전하, 부디 오늘 하루 어심을 편히 하소서."

왕이 사신단을 비아냥대는 데에는 이유가 있었다. 일단 사신이 조선 땅에 발을 들여놓는 순간부터 끝없는 연회가 이어지기 때문이다. 사신이 도착하면 하마연(下馬宴)을 시작으로, 도착 다음 날까지 베풀어야 하는 익일연(翌日宴), 왕이 대전에서 직접 베푸는 청연(請宴), 사신의 노고를 위로하기 위해 베푸는 위연(慰宴), 사신이 떠나는 날이 정해지면 베푸는 상마연(上馬宴), 사신이 떠날 때 베푸는 전별연(餞別宴)까지, 조선 백성들은 사신단을 먹이느라 등골이 휘고 있었던 것이다.

왕의 행렬이 궁을 떠나 모화관으로 향했다. 궁에서 모화관에 이르는 거리마다 백성들이 인산인해를 이루고 있었다. 사신단과 왕의 행차가 입경(入京)하는 것을 보려고 사방 각지에서 모여든 것이다. 백성들에게 이날은 모처럼 신나는 구경을 할 수 있는 날이었다. 사신이 지나가는 거리의 집들에는 휘황찬란한 채색 비단이 둘러 있었고, 담장에는 그림들이 걸려 있었다.

왕이 모화관에서 사신 영접을 마치고, 사신 일행과 함께 궐 앞에 당도하자 산대놀이(가면극)가 시작되었다. 이는 흥겨운 놀이를 베풀어 성대하게 황제의 칙서를 맞이하기 위함이었다. 사신들이 들르는 마을마다 색다른 산대놀이가 펼쳐졌지만, 한양의 산대놀이가 가장 볼 만해서 사신들의 기대감이 컸다.

입을 떡 벌린 채 산대놀이를 즐긴 사신단이 마침내 황제의 조서를 받들고 근정전 뜰에 이르자, 세자와 신료들을 거느린 왕은 몸을 낮춰 조서를 맞이했다.

"명 황제의 칙서를 성심으로 받자옵니다. 조선에 대한 황제 폐하의 은혜가 하해와도 같사옵니다."

왕이 감사의 말을 꺼내자, 문무백관들이 허리를 조아렸다.

왕은 늘 이 말을 하면서 속이 뒤틀렸다. 종이 쪼가리 하나 받으면서 번거롭게 해야 할 일은 왜 이리 많은 건지, 왜 조선의 백성들이 이거 한 장 받으려고 그토록 배를 곯아야 하는지, 왕의 체면이고 뭐고 다 집어치우고 무조건 굽신거려야 하는 굴욕, 그게 사신 영접이었다. 그 속내를 들키지 않으려 안간힘을 쓰느라 왕은 늘 아팠다. 사신 영접이 끝날 때까지 입을 앙다무느라 피가 스몄고, 밤이 되면 꽉 깨물었던 이가 욱신거릴 정도였다.

왕은 크게 숨을 들이쉬었다. 자신의 예상이 맞다면 사신은 곧 눈을 부릅뜨고, 조선의 거병 사실의 진위를 밝히라고 고함을 칠 게 뻔했기 때문이다.

아니나 다를까.

황제의 뜻을 읽어내려가는 황표창은 자신이 마치 황제인 양 얼굴에 노기를 띠었다.

"조선 왕은 들으라. 그간 조선이 명을 섬겨온 지 숱한 세월이 지났고, 조선이 명에 조공국으로서의 책임을 다하고 신의를 보일 때마다 나는 그보다 더 후한 답례를 함으로써 조선과의 관계를 돈독히 해 왔다. 그런데 갑작스럽게 들려오는 거병 소식에 나는 분하여 잠을 이룰 수가 없다. 거병 소식이 사실인지, 떠도는 소문의 진위를 소상히 파악하여 아뢰라."

조서를 다 읽은 황표창이 두루마리를 둘둘 말아쥐면서 천둥 같은 소리로 말했다.

"황제께서는 조선의 거병 사실이 드러나는 즉시 전쟁을 불사하실 것입니다. 그러니 조선이 미미하게나마 그 명맥을 유지하기 원하시면 당장 황제의 질문에 답하셔야 합니다. 조선의 거병이 사실입니까?"

"노여움을 가라앉히시오, 황 장군."

왕이 두려운 기색없이 느긋이 말했다.

"전하께서는 지금 황제의 명을 우습게 아시는 겝니까? 당장 답하지 않으면 내 환국해서 이 사실을 황제께……."

"황.제.께.서! 사실의 진위를 증명하기 위한 시간을 주시지 않았소이까? 대체 조서 어느 곳에 당장 답하라는 언지가 있단 말이오? 글의 속뜻을 면밀히 헤아리시오, 황 장군. 거병 소문의 진위를 낱낱이 고하려면 우리 측에서도 이를 조사할 시간이 필요하지 않겠소?"

왕이 논리적으로 따지고 들자 황표창은 귀가 빨개졌다. 자신의 등장만으로도 조선 왕실과 관료들을 큰 두려움에 빠뜨릴 수 있을 거라 자신했었다. 그러라고 황제가 자신을 보낸 게 아닌가. 그런데 막상 맞닥뜨린 왕은 두려운 기색은커녕 오히려 여유까지 부리고 있었다. 황제의 칙서속에 담긴 속뜻을 너 같이 무지한 장수가 어찌 헤아릴 수 있겠냐고 일침을 가하면서 말이다.

"분기를 가라앉히고, 지친 몸을 조금 쉬시지요. 우리도 황명에 답하기 위한 조사를 곧 시작할 것이오. 신료들은 들으라! 황 장군을 태평관으로 안내해 원로의 피곤함을 푸시게 하라."

왕이 단호한 어조로 명했다. 그리고 더 이상 사신을 마주하고 싶지 않다는 기운을 내뿜으며 자리를 박차고 나갔다.

"저, 저런! 황제께서 보낸 사신을 이리 무례하게 대하시다니요! 내 오늘 당한 수모를 결코 잊지 않을 것입니다."

황표창이 고래고래 소리를 지르자, 대신들은 서둘러 그를 진정시키고 태평관으로 향했다. 쉽게 분기를 내뿜는 무장일수록 연회가 묘약이라는 걸 오랜 경험으로 알았기 때문이다.

"흥! 네 목이나 잘 간수하거라. 오늘 네놈의 역할은 딱 거기까지다. 네가 환국해서도 그렇게 큰소리를 칠 수 있을지 두고 보마."

"전하, 제발 목소리를 낮추소서."

왕이 씩씩거리자 공 내관이 발을 동동 굴렀다.

사신을 남겨두고 쌩하니 나온 왕은 초가 앞에서 서성이기 시작했다.

"무탈히 잘 와야 할 텐데……."

"전하, 그리 초조해하지 마시고, 들어가시옵소서."

공 내관은 안 그래도 좁아터진 마당에서 왕이 쿵쾅대며 걷자 혼이 빠질 듯했다.

"……."

또다시 침묵. 듣기 싫을 때마다 왕이 내세우는 전법. 왕이 또 귀를 막고 있자 공 내관이 중얼거렸다.

"그리 걱정되시면 내로라할 능력자들을 보내셨어야지요. 뭐 한다고 과거 시험도 치르지 않고, 경험도 부족한 분을 덜컥 보내셔서는……."

"염려 놓거라. 그 아이는 권근의 핏줄이다. 내가 걱정하는 건 그 아이의 능력이 아니라, 때맞춰 당도해야 할 시간이다."

"권근 대감이 그리도 대단하십니까?"

"내가 재미있는 이야기 하나 들려주랴? 조선은 국초에 외교문서 작성 건으로 명나라와 마찰이 심심찮게 있었다. 그때는 양국이 모두 서로를 가늠하느라 첨예한 기운이 감돌았지. 명은 조선을 발아래 두려고 사사건건 시비를 걸었고, 조선의 사대부들은 어쩌지도 못하고 분통을 터뜨리고 있었다. 그런데 갑자기 황제가 문서에서 황제국만 쓸 수 있는 글자를 감히 조선에서 썼다고 노발대발한 거야.

당장에 문서를 작성한 자를 끌고 오라고 명했지. 그런데 말이다. 조정에서는 글을 쓴 정도전 대신 권근을 보냈었다. 황제 앞에서도 주눅 든 기색 없이 침착하게 문제를 해결할 인재가 권근뿐이었거든. 정도전을 죽이고자 하는 황제의 뜻을 알면서도 그 사지(死地)에 간 거지. 그러다 자신이 죽을 수도 있는데 말이다."

"웬만한 장수보다 담력이 크신 분 같사옵니다."

"그렇지. 황제보다 더 뚝심이 있는 거지. 죽이고자 달려드는 자를 아주 가뿐히 이겼으니까."

"대체 어떻게 하셨기에……."

"황제는 조선이 명을 거스를 정도로 그리 대단한 나라냐고 분노하고 트집을 잡다가 뜻밖의 제안을 했었다. 조선이 그리도 대단하다면 그 찬란함을 증명할 시를 지어보라고 한 거지. 그때 권근은 그 자리에서 주저 없이 조선의 절경을 담은 시를 24수나 지어 바쳤다. 공 내관…… 왜 놀라지 않느냐? 시를 24수나 지었다니까! 이건 결코 쉬운 게 아니다."

"……."

공 내관은 침을 튀어가며 설명하는 왕을 멍하니 쳐다보았다. 그 이야기가 정말 사실이냐는 얼굴로.

"그중 금강산에 대한 시가 가장 압권이었지. 황제가 그시에 감동해서 잡아 죽이기는커녕, 후한 하사품까지 내렸었다. 그 후로 권근은 명나라에서 그 문명을 떨치게 되었다. 황제가 감동한 문장력이니, 학사들이 얼마나 흠모했겠느냐? 그런데 재미있는 게 뭔지 아느냐? 실제로 그는 정무가 너무 바빠서 금강산에는 가보지도 못했다는 거다. 아마도 황제는 그가 금강산에 안 가봤다는 건 몰랐을 것이다. 알았다면 또 꼬투리를 잡아서 황제를 감히 속인 죄를 물었겠지. 정말 통쾌하지 않으냐? 하하하!"

"실경(實景)을 보지 않고도 그리 빼어난 시를 지을 수 있사옵니까?"

"그러니까 천재지! 그 덕분에 양국의 오해가 풀렸다. 그의 붓이 전쟁을 막은 것이다. 그런 권근의 핏줄이니, 서거정은 분명 밀사를 잘 구워삶아서 놀고먹으며, 시도 지으며, 조만간 입경할 것이다. 이 일에 그 아이보다 더 적임자는 없다. 다만 노는데 정신이 팔려서 시각을 놓칠까 봐 그게 걱정이다. 출발할 때 앙부일구라도 쥐어주고 보냈어야 했나……."

"우와아……."

공 내관은 늙은 천재의 뒤를 이을 젊은 천재의 활약에 슬쩍 기대감이 생기고 있었다.

사신 당도 사흘 전.

후룩, 후룩, 후루룩.

땀을 뻘뻘 흘리며 국밥을 뚝딱 비운 위명은 지그시 눈을 감았다. 쉬지 않고 달려온 길 끝에서 만난 국밥 한 그릇에 큰 위로를 받은 얼굴이었다.

"자네 덕에 아주 잘 먹었네. 이제 출발하지."

"지금…… 이요?"

"한시가 급하네. 여기에서 뭉그적거릴 시간이 없네."

"아니 되옵니다. 조선 땅을 밟으셨으니 이제 조선 실정에 밝은 제 말을 따르셔야 합니다."

말을 마친 서거정이 부스럭거리며 봇짐에서 꺼내든 것은 갓과 도포였다.

"이게 다 무엇인가?"

"태사 어른, 지금의 복색으로는 두 분은 누가 봐도 딱 밀사에 호위무사십니다. 조선 옷으로 갈아입지 않으면 영락없이 정체를 들키고 말 것입니다."

위명은 뭐 이렇게까지 해야 하나 싶으면서도 우선 그의 말을 순순히 따랐다. 젊은 나이치고는 꽤나 치밀한 구석이 있어서 오히려 안심이 되었기 때문이다.

두 사람이 옷을 갈아입는 동안, 도대체 무슨 미끼로 밀사의 발목을 잡아둘까 고민하던 서거정의 입가에 미소가 걸렸다. 옷을 갈아입은 두 사람이 객주 툇마루로 나와 말이 있는 곳으로 향하자, 서거정이 급히 그들의 소맷자락을 붙잡았다.

"어르신, 이왕지사 이리되었으니 여기서 하룻밤 묵고, 내일 금강산 모꼬지나 가시지요."

서거정은 어느새 태사 어른에서 어르신으로 명칭까지 바꾼 상태였다.

"네놈이 정녕 죽고 싶은 게로구나. 황명을 받잡고 온 내게 감히 놀자니!"

사람들의 시선을 의식한 위명이 서거정의 귀에 대고 으르렁거렸다.

방으로 다시 들어온 그들에게 서거정이 조곤조곤 설명했다.

"지금 말을 달려 한양으로 떠나시면 입경하기도 전에 어르신은 기습을 당하실 것입니다. 간자들이 사방에 매복한 채 야심한 시각에 말 달리는 수상한 이들을 뒤쫓을 테니까요. 사신이 입경해서 황제의 조서를 발표하기 전까지 저들은 긴장을 늦추지 않을 것입니다. 그걸 방해하는 세력이 있다면 모두 죽여 없앨 것입니다. 그러니 말고삐를 서서히 늦추고 금강산을 유람하는 조선 선비 행세를 하셔야 의심을 피할 수 있습니다. 금강산을 오르는 사대부들이 말 위에 올라 이동하는 건 아주 자연스러운 일이니까요. 사신단이 연회를 즐기며 쉴 동안, 우리도 금강산 유람이나 하며 서서히 동정을 살피다가, 사신단이 궐 앞에 당도하면 그 이후에 들어가야 합니다. 물론 어르신께서 그저 객주방에 머물고 싶으시다면, 소생도 더 이상 반대할 생각은 없사옵니다. 그러니 어디에 계실 지는 어르신이 결정하시지요."

하지만 서거정은 말과는 달리, 객주방에 콕 박혀 있어도 괜찮은 얼굴이 아니었다. 금강산에 오르자고 보채는 눈빛을 마구마구 발산하고 있었다.

"듣고 보니 자네 말도 일리가 있군. 그럼 내일 일찍 출발하세."

대답하는 위명 역시 싫지 않은 기색이었다.

금강산 유람.

조선 선비들의 평생 소원.

명나라 학사들이 서화(書畫)에서 향기가 나려면 "만 권의 책을 읽고, 만 리를 걸어야 한다."고 말한 이후, 조선 사대부들 사이에서는 전국의 명산(名山)을 찾아다니는 일이 큰 유행처럼 번지고 있었다. 또한 조선에 사신으로 왔던 이들이 "원컨대 고려국에 태어나 금강산을 한번 보고 싶네."

라고 읊은 뒤 금강산은 이미 명나라에까지 명성을 떨치는 명산이 되었다. 사대부들은 공자가 태산에 올라 "천하가 작다."고 말한 일화를 알고 있었고, 《논어》에 나오는 "어진 자는 산을 좋아한다."는 구절을 질리도록 읽었다. 그래서 심신을 수양하고 공부의 기회로 삼기 위해 금강산 유람을 즐기고 있었다.

위명 역시 금강산에 오르자는 서거정의 제안을 선뜻 거절할 수 없었던 건…… 그 역시 늘 마음에 금강산을 동경해 왔기 때문이다.

동이 트기도 전에 오르기 시작한 금강산에서 구석구석을 둘러보던 세 사내는 밀려오는 감동을 주체할 수 없었다.

"아…… 정말 장관이라는 말로도 다 표현할 수 없을 정도군. 가파르게 솟아오르다가도, 모든 만물을 껴안듯 갑자기 넓어지는 산세(山勢)에서 조선의 힘찬 기운이 느껴지는군그래. 천태만상의 기암괴석(奇巖怪石)도 너무 장관이고 말이야. 왜 금강산이 명나라에서조차 회자되는지 이곳에 올라보니 알겠네."

위명의 목소리가 감격으로 떨리고 있었다.

"소생은 외금강이 너무 신비합니다. 산과 물의 변화가 천변만화(千變萬化)해서 거의 넋을 잃을 뻔했습니다. 어르신, 금강산에는 여러 개의 이름이 있다는 거 혹시 아십니까?"

"그건······ 금시초문일세."

"같은 산을 두고 봄에는 금강산이라고 부르다가, 여름에는 신선들이 산다는 봉래산으로, 가을에는 단풍 언덕이란 뜻으로 풍악산, 겨울에는 바위 뼈 산이란 뜻으로 개골산으로 불립니다. 정말 다채로운 면모를 한몸에 품고 있는 놀라운 산이지요."

"그럼 난 오늘 봉래산에 오른 게로군. 자네 덕에 기대치 못한 호사를 누렸군그래. 참으로 고맙네. 차후 명에 오게 되면 기별을 주게. 그때는 내가 자네 길잡이를 할 테니. 멋진 곳에 들르고 맛난 거 먹으러 다니자고, 허허허."

"정말······ 이십니까? 소생과 약조하신 겁니다! 얏호!"

서거정은 자신 앞에 펼쳐질 새로운 세상에 들떠 환호성을 질렀다.

협상

이숙이 간자들을 매수한 후, 사신단이 지나는 곳곳마다 매복시켜 동태를 살피게 하는 동안, 이징과 이담은 야심한 시각, 행장을 꾸려 여진족의 진영으로 향했다. 여진족 수장을 만나 일을 도모하기 위해서는 자신들이 직접 나설 수밖에 없었다. 시간이 촉박한데다, 사안이 중차대했기 때문이다.

무더위가 기승을 부리는 여름인데도, 북방의 스산한 바람에 오소소 소름이 돋았다. 칼을 움켜쥔 채 긴장을 늦추지 않던 이들은 사방의 적막함에 문득 불안해졌다. 산에 익숙한 자들, 태어나면서부터 말과 한몸을 이룬 자들, 어느 곳에서든지 정확하게 목표물을 명중시킬 수 있는 자들, 그게 여진족이었기 때문이다.

이들은 자신들의 백부가 이성계라는 사실을 알리기도 전에 급습을 당할까봐 사방을 경계했다. 품속에는 이성계가 옛 여진의 수장, 이지란에게 친히 하사한 단도를 증표로 지니고 있었다.

피유웅, 탁.

그때 이징의 머리 위로 화살이 날아들었다.

"우리는 간자가 아니다. 태상왕께서 우리의 백부셨다. 여진의 수장을 만나러 왔으니, 길을 터라."

마침내 하나, 둘 모습을 드러낸 여진인들은 이징과 이담이 증표를 내보이기도 전에 그들을 포박하고, 검은 천을 머리에 뒤집어씌웠다. 그들의 근거지를 들키지 않기 위해서였다.

무리들이 그들을 수장 앞에 끌고 가 검은 천을 벗기자, 덥수룩한 수염에 술을 잔뜩 묻힌 채 거나하게 취한 사내가 느닷없이 소리를 내질렀다.

"쥐새끼같은 조선 놈들! 내가 속을 줄 아느냐? 이번엔 또 어떤 체탐자(염탐꾼)들을 보냈나 했더니, 꼴랑 너희 둘이구나. 어수룩하기 짝이 없구나. 화살 한 번 못 쏴보고 끌려온 걸 보니. 흐흐흐."

"우린 간자가 아니다. 체탐자는 더더욱 아니다."

이징이 품속에서 증표를 내보이며 말했다.

"닥쳐라. 아가리를 찢어버리기 전에! 조선이 체탐자를 보내 여진을 염탐한 게 어디 한두 번인 줄 아느냐? 응인(鷹

人, 매사냥꾼) 행세를 하는 체탐자들 때문에 골치가 아파 죽겠단 말이다."

사내가 얼굴을 바싹 들이대며 으르렁거렸다.

'왕이 벌써 체탐자를 보내 여진의 위치와 상황을 파악하고 있었구나.'

이담은 황제의 사신이 당도하기도 전에 미리 움직인 왕의 치밀함에 내심 놀랐다.

고려 시대부터 여진과 고려인들은 국경 지대에 혼거해 왔을 정도로, 국초까지도 조선의 북방은 국경이 애매했다. 선왕들은 여진이 백성을 침탈하지만 않는다면 크게 문제시하지 않았고, 이들을 받아들였다. 그런데 시간이 지나면서 여진의 약탈이 심해지자, 왕은 여진을 정벌해서 국경 지대를 단속하고, 백성의 삶을 안정시키고자 했다. 여진 정벌을 위해 가장 시급한 일은 바로 여진의 지형과 위치를 명확히 파악하는 것이었다. 왜냐하면 여진인들은 조선인들과 달리 산속에 은거하며 흩어져 살았기 때문이다. 왕은 체탐자들을 적진으로 보내 그 위치를 파악하고, 적의 침략을 사전에 탐지하도록 명했던 것이다.

체탐자들은 정체를 숨기기 위해 낮에는 산이나 숲에 은거하고, 어둠을 틈타 움직였다. 이들은 산지에서 낙오하

거나 부상을 당하거나 그도 아니면 산짐승에게 해를 입기
도 했다. 혹여 이들의 위치가 발각되어 포위를 당하면 이
들은 그 지역에 심심찮게 다니는 응인 행세를 했다. 하지만
이들의 활동이 왕성해지자, 여진족도 이들의 정체를 곧 알
아차리고 경계를 강화하기 시작했다. 오늘 이들이 이징과
이담을 체탐자로 오인한 것도 이 때문이었다.

"결박을 풀어주고, 술을 대령해라."

수장이 오해를 푼 건 증표 때문이기도 했지만, 이들의 복
장 때문이었다. 응인 행세를 하는 털옷이 아니라, 비단옷을
입고, 달랑 두 명이 버젓이 여진 땅에 발을 들여놓았다는
건 든든한 뒷배가 있지 않고는 불가능했기 때문이다.

"우린 여진과 옛 형제의 의(義)를 회복하러 왔소."

술을 한 모금 마신 이징이 입을 열었다.

"쳇! 또 이지란을 들먹이며 태고적 이야기를 꺼내려 하
오? 헛소리 마시오! 조선은 여진을 버린 지 오래되었소."

"조선은 여진을 버린 적이 없소. 태상왕께서 조선을 세
우시고, 여진 각 부족의 수장들에게 천호와 만호의 작위
를 내리셨고, 여진과의 무역에도 최고의 특혜를 주시지
않았소? 어디 그뿐이오? 조선인으로 귀화하려는 자들을
후하게 대우하지 않았소?"

이담이 조곤조곤 설명했다.

"태상왕께서야 우리 여진을 아우처럼 후히 대해주셨지요. 하지만 그 뒤로 보위에 오른 작자들은 우리에게 어떻게 하였소? 우리 여진의 가별초가 없었다면 조선도 없었다는 걸 모르시오? 배은망덕한 작자들 같으니."

수장의 반박에 이징과 이담은 할 말을 잃었다. 선왕 이방원은 서서히 여진을 견제하며 압박했고, 금상(今上)은 심지어 여진을 오랑캐로 규정하고 대대적인 정벌을 준비 중이니 말이다.

"하지만 그게 어찌 조선만의 탓이겠소? 그대의 선친, 동맹가첩목아는 조선을 등지고 명에 부복하여 작위를 받았고, 그 후로 명에 의지하여 조선을 수없이 곤경에 빠뜨리지 않았소? 먼저 신의를 저버린 건 여진이었소."

이담이 눈을 부릅뜨며 호통쳤다.

"닥치시오! 다시는 그 버러지만도 못한 이름을 내 앞에서 언급하지 마시오. 그는 시정잡배와 다를 게 없는 여진의 수치요. 그가 오래도록 명에 붙었다, 조선에 붙었다, 하면서 실리를 좇는 동안 여진인들은 배를 곯지는 않았어도, 하늘을 찌를 듯했던 당당한 위세를 잃고 말았소. 걸식하는 개마냥 밥 덩어리를 받아먹으면서 굽신대는 꼴로 살아왔단 말이오. 그건 북방을 제패해 온 여진과 어울리지 않소. 이제 나의 여진은 다를 것이오. 우린 다시는 그 누구에게도 굽신대지 않을 것이오!"

"그러니 지금이 바로 여진이 당당함을 되찾을 수 있도록 하늘이 준 기회가 아니겠소? 이제 우리가 함께 대세를 바꿉시다. 명과 조선의 글쟁이들이 손을 잡기 전에 우리 가문과 여진이 손을 맞잡고 명을 칩시다!"

이징이 결연한 어조로 말했다.

명나라를 정벌하자는 소리에 여진의 수장은 눈을 번뜩였다. 오랜만에 사냥감을 발견한 개마냥.

"조선은 이미 명의 지나친 복속과 간섭, 그리고 감당할 수 없는 조공 때문에 지쳐 있소. 명은 시도 때도 없이 조선을 의심하며 꼬투리를 잡고 있지요. 이번에 조선이 군사를 일으킨다는 소문에 지금 장수 황표창이 사신으로 조선을 향하고 있소."

"명나라의 명장 황표창이 사신으로 간다고 했소? 하하핫, 전쟁을 선포하겠다는 뜻이군."

여진 수장이 술을 벌컥벌컥 들이켰다.

"그러니 조선과 여진이 힘을 합쳐 명을 쳐야지요."

이징이 힘주어 말했다.

"그대들의 가문이야 다시 혁혁한 무공으로 인정받을 테니, 옛 영광을 되찾을 수 있겠지만…… .조선을 돕는 대가로 내가 얻는 건 뭐요?"

"......."

이징과 이담은 암담해졌다. 분명 여진은 돈에 눈이 멀어 아비도, 자식도 팔아넘기는 하찮은 오랑캐라고 여겼다. 재물을 조금 풀면 선뜻 따를 거라 장담했었다. 그런데 지금 여진의 수장은 뜻밖에도 비굴한 '돈'보다 '위세'를 되찾고 싶어했다. 예상치 못한 일이었다. 그렇다고 가문과 상의하지 않고, 덥석 약속부터 할 수는 없었다.

그때 이담이 침착한 어조로 제안했다.

"비굴한 밥 덩어리가 아니라, 위엄에 걸맞는 거래를 하겠소."

"그게 무슨 뜻이오?"

여진 수장이 눈을 가늘게 뜨고 그 의중을 되물었다.

"함길도에서 나는 산물을 여진이 차지할 수 있도록 주상전하께 주청 드리겠소. 단, 이는 여진이 조선과의 신의를 끝까지 저버리지 않았을 때만 가능하오."

"하하하! 좋소. 기꺼이 따르겠소. 여봐라, 귀한 손님들을 위해 술을 더 들여오거라."

나쁘지 않은 거래였다. 아니, 더없이 만족스러운 거래였다. 두 마리 토끼를 모두 거머쥘 수 있는 거래를 했다는 생각에 여진 수장은 밤새 흥분을 가라앉히지 못한 채 잔치를 벌였다.

이튿날, 아우들의 보고를 받아든 이지숭은 이담의 제안에 칭찬을 아끼지 않았다. 사실 여진의 수장은 함길도에서 나는 산물들에 눈이 멀었겠지만, 그 뒤 더 중요한 사안은 신경 쓰지 않았던 것이다. 조선과의 신의를 끝까지 저버리지 않아야 한다는 조건.

배부르고 등 따시면 밥 먹듯 배신하는 자신들의 본성을 간과한 것이 틀림없다. 필시 한두 번 조공품을 받고 나면, 서로 더 받기 위해 내분이 일어날 테고, 서서히 본색을 드러내며 서로 으르렁대느라 조선과의 신의 따윈 헌신짝 마냥 내던질 자들이었다. 밑질 게 없는 거래였다.

이제 이지숭은 사신이 떠나기 전, 어전회의에서 의안대군의 명예를 걸고 외칠 일만 남았다는 생각에 뿌듯함이 밀려왔다.

그날 밤, 이지숭은 꿈을 꾸었다. 모두가 사신의 눈치를 보며 벌벌 떨고 있을 때, 왕조차도 자신이 은밀히 벌였던 일이 발각되어 난감해하고 있을 때, 자신이 왕 앞에 부복하여 당당히 외치는 꿈을.

"전하! 저 무도한 황표창을 당장 결박하여 죽이시옵소서. 이제 곧 전쟁이 시작될 것이옵니다. 조선의 병력은 이미 준비되었사옵니다. 이번 전쟁에 여진이 조선과 함께할 것이옵니다. 태상왕께서 여진의 가별초와 함께 하셨듯이, 저희 집안 역시 의안대군의 명예를 걸고, 여진과 힘을 합쳐 반드시 명을 궤멸시키겠나이다. 맡겨 주시옵소서!"

결전(決戰)의 날

딸그락, 딸그락.

툭툭, 타다닥.

쓰윽, 쓱쓱쓱.

초가 뒤 어둑한 곳에서 분주하게 움직이는 그림자들이 있었다. 손널(궁중에서 사용되던 도마) 위에서 재료를 썰고, 끓는 물 속에 재료를 넣어 휘휘 젓는 이들은 이교와 영흥댁이었고, 분주하게 물을 길어 나르는 이는 길복이였다.

왕의 초가에는 정지가 따로 없어서 이들은 해가 진 후 사람들의 눈을 피해서 뒤뜰에 천막을 쳤다. 그리고 길복이가 눈썹을 새까맣게 그을려가며 불을 지피고 물을 끓였다. 시간이 오래 걸리는 음식들은 이교가 영흥댁과 자신들의 비밀 농가에서 이미 조리를 마친 상태였고, 따끈하게 올려야 하는 음식들과 가마솥 밥 때문에 지금 이 고생을 하는 중이었다.

"휴, 세상에나! 여염집 초가도 이보다는 낫겠어요. 적어도 정지는 있으니까요."

"그러게나 말이야. 그런데 영흥댁, 이런 조악한 곳에서 만든 음식이 맛있다면, 심지어 천상의 맛을 낸다면…… 나는 아마도……."

"천재시지요. 암요, 그렇고 말고요. 대감마님께서는 조선 최고, 아니 이 세상 최고의 숙수가 맞으실 거예요. 아무리 그래도 그렇지. 천재 임금님과 천재 숙수가 벌이시는 일치고는 너무 궁상맞지 않아요? 초가가 웬 말이래요? 저는 요즘 천재 소리만 들어도 경기를 할 것 같다니까요. 그나저나 걱정입니다. 이런 곳에서 만들어진 음식에 혹여하자라도 있으면 그야말로 큰 낭패가 아닙니까?"

"영흥댁, 그저 낭패로 끝나지는 않을 걸세. 아마 우리 목을 내놓아야 할 게야, 허허허."

이교가 칼을 들어 목에 갖다 대는 시늉을 하자, 영흥댁의 얼굴이 하얗게 질렸다. 그래도 자신의 주인이 그토록 위험한 일에 뛰어들면서도 웃을 수 있다는 건, 자신 있다는 소리겠지. 영흥댁은 얼핏 스치는 불길한 생각들을 떨쳐내느라 하루 종일 도리질을 해야 했다.

흠, 흠흠.

인기척이 들려 눈을 들어보니 왕이 기웃거리고 있었다.

초가 문 앞에서 서성이다가 맛있는 냄새에 이끌려 이곳에 닿은 것이다. 이교는 도끼 눈을 뜨며, 자신의 영역에서 당장 나가시라는 무언의 협박을 했다. 의기소침해진 왕이 돌아서자 이교가 얼른 다가와 왕의 소매를 잡았다.

"아~하시지요, 전하."

"예에?"

"아~하시라니까요. 이왕이면 눈도 감으시고요."

왕이 얼떨결에 눈을 감고 입을 벌리자, 이교가 왕의 입 속에 사당(砂糖, 사탕)을 쏙 넣어주었다.

"이건 소신이 주상전하께 올리는 게 아니라, 숙부가 조카에게 주는 것입니다."

왕은 숙부의 달달한 보살핌에 눈시울이 붉어지고 말았다. 그리고 오늘 일을 꼭 성사시키리라 결심하며, 오도독 오도독 야무지게 사당을 씹어먹었다.

이교는 며칠 전부터 감자(甘蔗, 사탕수수)를 삶아 사당으로 만들었다. 국초엔 너무 귀한 음식이라 왕실에서도 쉬이 맛볼 수 없는 사당을, 이교는 왕을 위해 정성스럽게 준비했다. 결전을 앞두고 있는 왕에게 가장 필요한 음식은 그의 긴장을 눈 녹듯이 녹여줄 사당이라 생각했던 것이다.

한편 사신단이 궐에 당도한 날, 사신단과 멀찍이 떨어져서 산대놀음까지 실컷 구경한 서거정과 위명은 사신단이 근정전에서 나와 태평관으로 향하는 것을 확인하고서야 비로소 입궐했다.

서거정의 발길이 경회루로 향하자, 위명의 입가에 미소가 걸렸다.

'그럼 그렇지. 사신단이 태평관에서 여장을 푸는 동안 나는 경회루에서 왕과 독대를 하겠지. 그게 밀사에 대한 최소한의 예의지. 이로써 그간의 무례는 넘어가 줘야 하겠군.'

하지만 위명은 갑자기 발걸음을 뚝 멈추고 당황한 얼굴이었다. 궁궐 한복판에 이런 게 서 있을 거라곤 상상도 하지 못했기 때문이다. 갑자기 눈앞에 나타난 건 허름한 초가였다.

서거정 역시 말로만 듣던 초가를 직접 보자 망연자실한 얼굴이었다. 초가 앞에서 자신을 기다리고 있던 왕을 맞닥뜨리지 않았다면 위명은 또 한차례 황제의 밀사를 욕보였다고 서거정에게 불같이 화를 냈을 것이다.

"허허허. 이곳으로 모셔서 많이 언짢으셨습니까?"

"그, 그럴 리가요."

차마 왕 앞이라 언성을 높이지는 못했지만, 위명은 불편한 기색마저 숨기지는 못했다. 막상 발을 들여놓은 초가는 그야말로 너무 궁색했다. 풍채 좋은 왕과 위명이 앉자, 상을 들여놓을 자리가 빠듯할 지경이었다. 주변을 쓰윽 둘러보던 위명의 얼굴에 놀라움이 스쳤다. 단출한 서안과 이부자리, 그리고 등잔이 다였다. 심지어 왕은 이곳에 아주 익숙한 얼굴이었다.

"설마…… 이곳에서 침수 드시옵니까?"

"예전에 2년 넘게 이곳에서 지낸 적이 있습니다."

"……."

당혹스러워하는 위명에게 자신의 초가 살이를 이야기해 주며, 왕은 서서히 긴장을 풀었다.

"초가를 경회루 옆에 지으시다니…… 신료들의 반대가 심했겠습니다."

"신료들의 반대는 둘째치고, 종친들의 반대가 더 엄청났었지요, 허허허."

'사신들이 오가는 경회루 옆에 초가라니. 사신들을 융숭히 대접하고 나서도 자신은 초가로 향했다니. 조선의 왕은 명에 대한 책무를 다하면서도 한시도 백성의 지난(至難)한 삶을 잊은 적이 없었겠구나. 사신들의 횡포에 절치부심(切齒腐心)하는 마음으로 이곳을 향했겠구나. 물건과 마찬가지로 사람의 마음도 오랜 세월 앞에서 무뎌지기 마련이거늘…… 조선의 왕은 결코 초심을 잃은 적이 없었겠구

나. 이 초가를 볼 때마다 느슨해지려는, 편안해지려는, 누
렇게 빛바래려는 마음을 다시 다잡았겠구나. 참으로 속을
가늠할 수 없는 자로구나. 참으로 무서운 자로구나. 참으
로 대단한 자로구나.'

"오시는 길은 무료하지 않으셨습니까?"

"보내주신 영접사 덕에 금강산에도 오르고, 맛있는 것
도 먹으며 편안히 왔습니다."

위명이 한쪽에 쭈그러져 있는 서거정을 보며 웃었다.

왕은 금강산이란 말에 눈을 끔벅였다. 설마 금강산까지
다녀올 거라곤 상상도 못했기 때문이다.

'역시 서거정…… 흐흐흐.'

왕이 자꾸 삐져나오려는 웃음을 참느라 얼굴이 벌게지
고 있을 때, 갑자기 숙수 차림의 사내가 불쑥 들어와 능숙
하게 상을 차리기 시작했다. 다 차려진 밥상을 보자, 위명
은 이제 거의 체념한 얼굴이었다. 밀사로 왔으니 은밀히
맞이하는 거구나, 아무리 이해하려 노력해도 이건 아니
지! 싶은 마음이 불쑥 치솟았다.

그의 밥상은 황제만큼은 아니어도 그에 준하는 음식
들로 늘상 차려져 왔다. 그리고 황제의 만찬에 밥 먹듯 참
석했던 그에게 황실 음식이란…… 헤아릴 수 없이 많은
산.해.진.미.를 의미하는 거였다. 그런데 지금 자신 앞에

놓인 밥상 위엔 왕의 밥상에 오르기엔 한없이 초라한 음식들이 놓여 있었고, 심지어 빈 그릇마저 올라와 있었다. 아무리 살펴봐도 왕이 먹을 법한 음식이라고는 믿기지 않는 그런 밥상이었다.

"연회 음식으로 차려내지 않았다고 너무 불쾌해하지 마시지요. 이게 짐이 초가에 머물면서 받는 수라상입니다. 맛은 기가 막힐 겁니다. 오늘은 특이하게도 빈 그릇이 올라와 있기는 합니다만, 그 이유는 제 숙부께서 설명해 주실 듯합니다."

왕이 잔잔히 웃으며 말했다.

위명은 서거정 옆에 앉아 있는 사내를 놀란 얼굴로 빤히 쳐다봤다.

'이 자가 왕의 숙부라니! 그런데 비단옷이 아니라 천한 숙수의 옷을 입고 왕의 수라를 차렸다고?'

음식을 한 번 맛본 위명의 눈이 휘둥그레지자 왕은 안도하며 이교를 보았다.

이윽고 이교는 상 위에 놓인 빈 그릇에 대해 설명했다.

"사실 소신은 오늘 조선 팔도의 음식을 두루 올리고 싶었사옵니다. 지방을 돌며 관직 생활을 하는 소신에게 가장 맛있는 음식은 그 땅에서 나는 제철 음식들이었습니다. 땅은 참으로 정직해서 하늘이 주는 은택만큼 산물을 내놓사옵니다. 적당한 볕에, 때에 맞게 내리는 비, 그리고 정성스러운 백성들의 손길을 받은 작물들은 그야말로 최상의 맛을 품고 세상에 나오게 되지요. 하지만 하늘이 조금만 변덕을 부려도, 혹은 백성들의 손길이 조금만 늦어져도 그것들은 하품이 되어버리고 맙니다. 아삭아삭 입에 향그러움을 주던 오이와 와거(상추)는 쌉싸름하게 변해서 미간을 찌푸리게 만들지요. 이 상위에 차려진 음식들은 저장 음식이 아닌, 조선 팔도에서 지금 나는 최상의 진상품들로만 만들어졌사옵니다. 하지만 송구하옵게도 함길도와 평안도, 이 두 곳의 제철 음식은 차려내지 못했사옵니다. 물론 저장된 이전의 재료로 차려낼 수도 있었지만, 그런 눈속임을 굳이 하고 싶지 않았사옵니다.”

“눈속임이라니…… 그게 무슨 말씀이오? 빈 그릇을 올리는 것보다는 온전한 상을 올리는 게 낫지 않소?”

위명이 의아한 목소리로 물었다. 황제의 밥상에 감히 빈 그릇을 올렸다간 필시 죽음을 면치 못했을 테니까.

“전하께 올리는 수라상에는 백성의 삶이 담겨 있사옵니다. 가뭄이나 기근, 전란, 그리고 역병이 돌 때 백성들은 평시처럼 최상의 물건을 진상할 수 없나이다. 장계를 확인한 전하께서 어느 지방에 문제가 발생했는지 확인하실 수 있는 게 바로 수라상이옵니다. 백성의 곤궁함을 눈으로 확인한 전하께서는 감선(減膳, 음식의 가짓수를 줄이는 것)을 명하신 후 백성들과 동고동락하시옵니다. 소신은 그런 수라상에 거짓을 고할 생각이 추호도 없사옵니다."

이교의 설명을 듣던 위명은 명나라 황제의 밥상을 떠올리자, 민망해지기 시작했다.

고래로 대국에서 무엇을, 어떻게 먹느냐의 문제는 항상 권력과 맞닿아 있었다. 황제들은 천하를 다스리는 자는 응당 천하의 음식들도 다스려야 한다고 생각했고, 그로 인해 황제들이 먹는 데 쓰는 비용은 가히 상상을 초월하고도 남았다.

매끼 황제의 밥상엔 백여 가지의 음식이 올랐다. 이는 황제의 권력을 과시하기 위함이었다. 준비된 음식을 모두 맛보게 하려면 수발을 드는 태감이 계속해서 황제에게 접시를 대령해야 한다. 그렇다고 황제는 자신이 좋아하는 음식을 많이 먹을 수는 없다. 황제가 특별히 좋아하면 두 번 먹을 수 있지만, 그 음식은 한 달 동안 더 이상 진선할 수 없다. 음식이 너무 맛있어서 황제가 세 번 먹으면 그 음식은 황제의 밥상에서 영원히 사라진다. 좋아하는 음식이 노출되는 순간 그만큼 독살의 위험도 커지기 때문이다. 즉 명 황제는 큰 땅덩어리에서 올라오는 각종 산해진미를 자신의 권력 과시로 이용하면서도, 그마저도 온전히 즐기지 못한 채 독살의 두려움에 사로잡혀 철저히 경계하는 것이다. 황제의 밥상은 권력이자 동시에 두려움이었던 것이다.

하지만 조선 왕의 밥상엔 두려움 대신 오롯이 백성이 있었다. 황제는 밥을 먹으면서도 불안해했지만, 조선 왕은 밥을 먹으면서 백성을 살피고 있었다.

'아…… 내 주군이 귀뚜라미에 탐닉해 있는 동안, 조선의 왕은 이렇게 백성의 마음을 얻고 있었구나. 대체 조선 왕의 생각의 끝은 어디까지일까? 조선은 오래도록 흥하겠구나. 백성만 생각하는 왕에, 천한 일도 마다하지 않는 왕족에, 그리고 저토록 총명한 젊은 인재까지…… 앞으로의 조선은 더없이 찬란해지겠구나.'

위명은 작고 힘없는 조선이 한없이 부러워졌다.

"그럼 이 빈 그릇들이 이번 조선의 거병 소문과 관련이 있는 것이겠군요."

'역시 알아듣는군.'

왕이 속으로 쾌재를 부르며, 입을 열었다.

"맞소. 근간에 여진족의 잦은 침입과 약탈로 내 백성들이 도탄에 빠져 있소. 짐은 백성들의 괴로움을 더 이상 외면할 수 없소. 하여, 떨치고 일어나 여진족을 소탕하고, 백성의 삶을 안정시키고자 하오. 거병 소문은 사실이나, 그 칼끝은 명이 아닌, 오직 여진으로만 향하게 될 것이오."

"소신 목숨을 걸고, 황제께 한 치의 착오도 없이 전하의 어심을 그대로 전하겠나이다."

위명이 갑자기 큰절을 올리며 부복했다.

"그리고…… 다음에 다시 사신으로 올 수 있다면, 그때 는 함길도와 평안도의 음식도 꼭 먹어보고 싶사옵니다."

말을 마친 위명은 상위에 차려진 음식을 모두 싹싹 비 웠다. 그는 참다운 왕을 뵌 것과 입에 살살 녹는 음식에 감 동하기도 했지만, 아까부터 머리를 맞대고 맛있게 먹는 두 사내의 모습에서 눈을 뗄 수가 없었다.

왕과 위명 옆에 개다리소반 하나를 두고 마주 보며, 맛 난 음식을 상대의 밥 위에 올려주고, 목이 막힐세라 숭늉 을 서로 챙겨주는 이교와 서거정의 모습을 오래도록 눈에 담았다. 자신이 요란스럽게 격식을 차리지 않고, 이런 구 수한 만남을 언제 가져봤나, 소탈하고 순수하던 그때가 언제였나, 그리워지기까지 했다.

무엇보다 위명은 오늘 편안했다. 조선의 옷을 입고, 거 친 밥을 먹으면서도 그가 오늘 편안했던 건…… 도통 머 리로는 이해가 되지 않지만, 왕도, 왕족도, 사대부도 아닌, 진심으로만 가득한 세 사내들 때문이라는 걸 느낄 수 있었다.

사신 일행이 태평관에 이르자 이들의 접대를 위해 60여 명이 대기하고 있었다. 사신단의 식사와 시중을 도울 숙수와 반감(반찬을 만드는 사람), 사환 군사(심부름하는 사람), 진지 악생(식사를 올릴 때 음악을 연주하던 사람)들이었다. 이들은 사신단의 지위에 따라 각자의 방에 필요한 물건들을 이미 꼼꼼히 챙겨 들여놓고, 연회 음식을 준비하느라 여념이 없었다.

그런데 숙소에서 여장을 풀던 일행들은 때아닌 소란에 하나둘 문을 열고 나왔다.

"네 이놈! 감히 내가 누군줄 알고 이따위 조악한 물건들을 쓰라는 것이냐?"

황표창이 백보아(白甫兒, 양치할 때 사용하는 사기로 만든 작은 사발)를 집어던지며 소리쳤다.

"소, 송구합니다. 다른 것으로 바꿔드리겠습니다."

백보아에 맞은 사환 군사의 이마에 피가 흐르고 있었다. 그가 나가기도 전에, 다른 노비가 들어와 바닥에 깨진 사기 조각을 치우려 하자, 이번에 황표창은 대야를 두 손으로 번쩍 들어 노비를 향해 내던졌다. 노비가 날아오는 대야를 팔로 막자, 그는 성큼성큼 다가가 노비의 뺨을 후려

갈겼다.

"천한 노비 주제에 감히 손을 올려 막은 것이냐? 왜? 내 말에 배알이 꼬이더냐?"

그는 노비가 일어설 수 없을 정도로 발로 차고, 자근자근 밟기 시작했다. 그는 왕 앞에서 당한 모욕을 엉뚱한 데서 분풀이하고 있었다.

진지악생들이 연회의 시작을 알리는 음악을 연주하자, 그제야 그는 분기(憤氣)를 거두고, 연회장으로 향했다.

"불편하신 점이라도 있으셨습니까?"

예조판서 김윤석이 조심스럽게 물었다.

"그걸 몰라서 묻는 거요? 볼품없고 초라한 이곳의 모든 것이 불편하오. 대국 사신의 위세에 걸맞지 않은 궁색함이 죄다 거슬린단 말이오!"

황표창이 거칠게 숨을 몰아쉬며 말했다.

"이제 그만 노여움을 푸시고, 연회를 즐기시지요."

김윤석이 다시 머리를 조아렸다.

"하기야 황제께서 조선을 치시면, 그나마 번듯했던 궁궐마저도 잿더미만 남을 텐데, 이깟 태평관으로 열을 내봐야 내게 무슨 유익이 있겠소. 어디 그뿐이오? 얼굴 반반한 궁녀들은 물론 헐벗고 굶주린 백성들까지 죄다 굴비처럼 촘촘히 엮여 노예로 끌려가게 되겠지요. 그대들의 왕이 황제의 명을 받들고 온 사신에게 무례하게 군 대가를 톡톡히 치르게 될 거외다. 그러니 오늘 마시는 이 술은 망국을 눈앞에 둔 그대들과 나누는 송별주가 되겠군요, 하하하. 혹시라도 이 자리에 내 뜻을 따라주는 이가 있다면 죽음은 면하게 해 줄 수는 있소만. 흠흠, 그저 이 목록에 적힌 물품들을 정성껏 준비해오면, 내가 그대들을 구제할 방법을 잘 찾아보리다."

그는 소맷자락에서 종이 한 장을 꺼내 들고 팔랑팔랑 흔들기 시작했다. 그는 술이 들어갈수록 더 대담하게 조선 관리들을 도발하기 시작했다. 그의 도발에 걸려들면 영락없이 트집 잡혀, 더 큰 재앙을 초래하게 될 거라는 생각에 대신들은 이러지도 저러지도 못한 채 분을 삭이고 있었다.

하지만 노기를 띠며 아무리 방방 날뛰어도 대신들이 쉽사리 넘어오지 않자, 황표창은 새로운 제안을 했다.

"아! 그대들은 조선에서 내로라하는 글쟁이들이라 하지 않았소? 나라가 불타 없어지기 전에 내 너그러이 그대들의 시재(詩才)를 펼쳐 보일 기회를 주겠소. 음…… 이렇게 하면 어떻겠소? 내가 술 한잔을 비우고 죽순정과 하나를 안주 삼아 먹을 동안 시를 짓지 못하는 자는 내 가랑이 사이를 지나며 개 흉내를 내는 것이오. 으하하핫, 정말 재밌지 않겠소? 가만 있자…… 운(韻)을 뭐로 정할까? 자자, 그리 긴장들 하지 말고, 영의정 대감부터 나와서 줄을 서시오. 참으로 재미난 시회(詩會)가 되지 않겠소?"

황표창의 도를 넘는 발언에 대신들의 얼굴은 흙빛이 되었다.

"그만두지 못하겠소, 황장군! 이 무슨 무례한 짓이란 말이오? 황제국의 장군이란 사람이 어찌 이리 무뢰배처럼 굴 수 있단 말이오?"

어둑한 곳에서 황표창의 행태를 지켜보던 위명이 버럭 소리를 내질렀다.

"엇, 태사께서 어찌 이곳에…… 어서 이쪽으로 오시지요. 안 그래도 제가 지금 재미난 일을 한판 벌이려던 참이었습니다. 태사께서도 아주 흡족해하실 만한 시회를 열어 보려 합니다."

"닥치시오! 황제께서 그대의 추태를 들으신다면 결코 용서치 않으실 거요."

위명의 두 주먹이 부르르 떨렸다.

"태사께서도 저를 욕보이시는군요. 글을 읽는 자들은 어찌 죄다 그리 장수들을 업신여기는지…… 그 따위 붓으로 창칼을 이길 수 있다고 자부하시오? 이제 곧 전쟁이 시작될 거외다, 태사. 그 말인즉슨! 이제 장수의 시대가 도래할 거라는 소리요. 그러니 태사께서도 내가 이렇게 예우해줄 때 입 닥치고, 머리를 조아리란 말이오."

황표창이 눈을 부릅뜨며 대들었다.

위명은 품속에서 황제의 밀서를 내보이며 소리쳤다.

"여봐라, 지금 당장 죄인 황표창을 포박하여 본국으로 압송하라."

갑자기 태평관 주변에 매복해 있던 금의위(황제의 직속 친위대이자 비밀 경찰)들이 우르르 달려들어 그를 포박했다.

"아, 아니 이럴 수가……."

황표창은 자신이 수족같이 부리며 데려왔던 자들이 진귀한 물건들을 나를 짐꾼이 아니라, 황제의 금의위였다는 사실에 뒤늦게 모골이 송연해졌다.

위명은 밀사로 파견되기 전, 황제에게 황표창의 부정을 낱낱이 고했었다. 황표창은 그간 조선에 사신으로 다녀온 자들을 통해 원하는 물건들을 마음껏 손에 넣어 왔다. 금과 은, 해동청, 말은 물론이고, 황제에게 바쳐지는 최상품의 자색 명주에까지 손을 뻗은 것이다.

조선 방직장의 기술 수준은 명나라조차도 따라잡을 수 없을 정도로 탁월했다. 명주를 짜던 방직장의 특기는 가늘고 섬세하게 제작하는 기술이었는데, 이들은 잠자리 날개보다도 얇은 베를 짜는 기술을 보유하고 있었다. 그래

서 황제는 특별히 조선 왕에게 부탁해서 자색 명주를 요구하곤 했다.[18]

그런데 황표창이 아무 거리낌없이 황제의 물건을 취하기 시작하자, 위명은 이를 더는 두고 볼 수 없었다. 이는 명백한 월권이고 반역이었다.

그 소식을 들은 황제는 황표창을 수행해서 길을 떠나는 이들의 명단을 확인한 후, 그가 눈치챌 수 없게 몇몇 측근을 제외한 인사들을 모두 황제의 금의위로 대체했다. 그가 무도한 짓을 저지르는 즉시 압송하고자 함이었다. 그의 탐욕 뒤에는 필시 전쟁을 부추기는 황실 관료들이 버티고 있을 거라는 생각에 황제는 잠을 이루지 못했다. 만약 조선 왕이 자신과 같은 뜻을 가졌다면, 태사 위명이 원활하게 일을 매듭짓고 올 거라고 믿었다. 그래서 위명이 품고 가는 밀서에는 탐욕스러운 황표창을 단죄하고, 앞으로 사사로이 황제를 사칭하여 조공품을 요구하는 환관이나 사신을 엄중히 벌하겠다는 내용만 적었다. 황제는 황표창을 단죄함으로써 전쟁을 부추기는 황실 관료들에게 엄중한 경고를 날릴 생각이었던 것이다.

"너희들이 감히 나를! 나를 속이다니."

---

18) 《세종실록》 4년 10월과 《문종실록》 원년 8월 기록 참고.

황표창은 질질 끌려가면서도 표독스럽게 소리를 질렀다.

때마침 나타난 위명 덕에 수치를 면한 관료들은 하나둘 자리에서 일어나 그에게 예를 표했다.

"황제 폐하의 칙서를 받들고 밀사로 온 태사 위명이오. 황제 폐하의 뜻을 전하겠소."

이제부터 명 조정에서 보내는 사신과 환관 등이 왕의 나라에 도착하거든, 왕은 예로써만 대접하고 물품을 주지 말라. 명 조정에서 구하는 모든 물건은 오직 어보(황제의 도장)를 찍은 칙서에 의거해 보낼 것이니, 황제의 명이라며 사신이 말로 전하면서 요구하거나, 무리한 요구를 하는 것을 모두 들어주지 말라. 조선 왕이 명을 공경히 섬겨 오랜 세월을 지냈으되, 갈수록 더 극진히 하는 바를 짐이 아는 바이다. 양국의 신의는 가까이에 있는 환관이나 측근들이 감히 이간할 수 있는 바가 아니니, 조선 왕과 조정은 이를 염려치 말라.

밀사가 들고 온 칙서 어디에도 거병(擧兵) 소문에 대해 추궁하는 내용은 없었다.

대신들은 왕이 벌써 밀사를 만나 이 난관을 해결했다는 안도감에 조금씩 화색을 되찾고 있었다.

그리고 이제야 마침내 자신들의 차례가 왔다는 생각에 가슴이 쭉 펴지고 있었다. 밀사와 함께 수창시(酬唱詩)를 주고받으며 조선의 문명(文名)을 떨칠 차례였다. 그때 어두운 구석에서 젊은 놈 하나가 까딱대며 걸어오는 모습이 보였다.

왕의 마지막 패, 서거정이었다.

그렇게 장기판의 말들을 모두 내보낸 왕은 이들의 활약을 기대하며, 어둑한 곳에서 환하게 웃고 있었다.

토막 난 시신

　　일이 틀어진 걸 안 여진족 수장, 이만주는 요즘 걸핏하
면 패악을 부리고 있었다. 이번에도 조선 놈들에게 당했
다고 고래고래 소리를 지르고, 눈에 조금이라도 거슬리는
이가 있으면 죽도록 패야 직성이 풀리곤 했다. 평소 아끼
던 부인에서부터 오른팔 노릇을 하는 휘하 장수들에 이르
기까지 그의 매질을 피할 수 있는 이는 없었다.

　　이만주는 오늘 중대 발표가 있으니 큰 연회를 준비하라
고 명했고, 뉘엿뉘엿 해가 떨어질 무렵 모두 모여 그의 말
을 기다리고 있었다. 앞에 차려진 음식의 양을 확인한 장
수들은 긴장하기 시작했다. 이토록 많은 음식 준비를 명
한 걸 보면 그는 필시 전쟁을 선포하려 함이 틀림없기 때
문이다.

　　"모두 잔을 들라!"

　　이만주의 명이 떨어지기 무섭게 장수들은 술잔을 움켜

쥐었다.

"우리 여진은 곧 조선을 치러 갈 것이다. 매번 변방 지역을 약탈하던 시시한 싸움이 아니라, 온 병력을 동원해 전쟁을 일으킬 것이다. 너희들 모두 마땅히 따를 것이라 믿어 의심치 않는다. 다 같이 이 술과 음식을 거하게 즐기고 난 후, 창과 화살을 벼리도록 하라."

"……."

이만주가 잔을 높이 치켜들었는데도 모두 고개를 떨군 채 침묵하고 있었다. 순간 이만주는 당황했다. 단 한 번도 명령 불복이 없었던 수하들이었다. 그런데 지금 의심과 망설임이 감히 여진 장수들의 마음속에 끼어들고 있었다.

"뭣들 하느냐? 잔을 부딪치지 않고!"

"대원수, 올릴 말씀이 있습니다."

오른팔 범찰이 무릎을 꿇었다.

"지금 조선의 변방을 치는 것은 불가합니다."

"불가하다고 했느냐? 이유는?"

이만주의 눈썹이 꿈틀대고 있었다.

"그곳엔 조선의 호랑이라 불리는 김종서가 중앙군을 이끌고 전열(戰列)을 가다듬고 있습니다. 오합지졸로 구성된 지방군들이 아니라, 정예병으로 이루어진 중앙군이 진을 치고, 그 창끝을 여진으로 향하고 있습니다. 이런 때에는 전면전보다는……."

찰싹, 찰싹, 찰싸아아악.

"이런 미친 새끼를 봤나. 여진의 만호란 놈이 전쟁의 불가함을 감히 입에 담다니! 그것도 그 불가함의 이유가 고작 김종서가 두려워서라니! 그리 겁먹은 모습을 하고서도 네가 감히 여진의 만호라고 할 수 있겠느냐?"

이만주가 길길이 날뛰며 소리를 내지르기 시작했다.

"대원수, 범찰 형님의 말에 너무 노여워 마시지요."

왼팔 동창이 앞으로 나섰다.

"그래, 하하하. 동창이구나. 네가 보기에도 범찰이 늙더니 지레 겁을 먹은 게 맞지? 네가 한번 답해 보거라. 우리 여진이 김종서 하나 못 꺾을 정도더냐?"

"범찰 형님의 의중은 두렵다는 것이 아니라, 이 전쟁이 시의적절하지 않다는 것입니다. 분을 조금 삭이십시오. 먼저 의안대군 이화 집안의 사내들부터 족치는 게 순서일 듯합니다. 결국은 저들의 농간에 저희가 놀아난 거니까요."

팍, 팍, 팍팍.

이만주의 손이 동창의 머리통을 사정없이 내리치고 있었다.

"그러니까 지금 그걸 말이라고 하는 것이냐? 조선에 전쟁을 불사하겠다는 내 말을 깡그리 무시하고, 기껏해야

한 집안에 불과한 몇몇 사내들이나 죽이러 가자고? 이것
들이 아예 간을 배밖에 내놓고 사는구나. 내 이제부터 잠
들어있던 여진의 본성을 일깨워 주리라. 으아아아악!"

투둑.

이만주가 차고 있던 칼을 번개같이 빼 들어 내리치자,
옆에 있던 여인이 풀썩 쓰러졌다.

모두의 눈에 공포가 서렸다.

이만주가 평소 총애하던 부인의 목이 피를 내뿜으며 바
닥에 나뒹굴고 있었다. 그는 이에 그치지 않고, 쓰러진 여
인의 몸을 여러 조각으로 토막 내기 시작했다. 피 칠갑을
한 그가 좌중을 돌아보며 소리쳤다.

"나는! 나는! 내가 가장 아끼는 것을 한 치의 망설임 없
이 여진을 위해 내놓았다. 범찰! 동창! 너희들은 새벽 동이
트면, 곧장 토막 난 시신을 들고 조선 변방으로 잠입해서
은밀히 묻고 오라. 너희들이 그토록 여진의 군대에 확신
이 없으니, 이것을 빌미로 명과 합세해서 조선을 칠 것이
다. 우리는 내가 아끼는 부인을 죽여서 토막 친 잔악한 조
선을 벌하러 가는 것이다. 알겠느냐? 범찰과 동창이 돌아
온 직후, 우린 먼저 명나라 황제에게 나아갈 것이다. 그러
니 너희들은 당장 백성들에게 상품의 말[馬]과 담비 가죽,
여우 가죽, 소가죽, 하여튼 조공으로 바칠 가죽이란 가죽

은 죄다 거둬들여야 한다. 명 황제의 구미에 맞을 정도의 최상품으로 준비토록 하라.”

“예, 대원수!”

휘하 장수들의 눈에 피를 향한 열망이 들끓기 시작했다.

휭, 휘이잉.

늦가을 바람이 스산하게 불어치던 밤, 말없이 산길을 오르는 두 사내가 있었다. 두 사람이 멘 봇짐 속엔 핏물이 흥건한 시신 토막들이 들어 있었다.

“형님, 괜찮소?”

“…….”

동창의 염려에 범찰은 흐르는 눈물을 소리없이 닦아냈다.

이만주에게 처참하게 죽은 여인은 범찰의 누이였다. 어려서부터 총명하고 당찬 누이가 이렇게 허망한 죽음을 맞이할 거라고는 상상도 하지 못했다. 아니면 누이는 자신의 죽음을 이미 각오하고 있었던 걸까?

이만주가 일이 뜻대로 풀리지 않아 미쳐 날뛸 때마다 그 누구보다 꿋꿋하게 여진의 미래를 걱정하던 누이였다. 어찌 보면 다혈질인 이만주보다 더 여진을 위무(慰撫)했던 건 자신의 누이였다. 이만주가 술통에 빠져 지낼 때도 부족민의 끼니를 해결하려 사냥에 앞장섰던 건 누이였다. 여느 사내 못지않게 말타기에 능해 언덕과 낭떠러지를 말을 타고 오르내릴 정도였고, 한 번 말을 달리면 나는 듯했던 누이였다. 그렇게 민첩한 누이가 이만주의 칼을 의식하지 못했을 리 없었다. 그 칼을 피하지 않고 받아낸 건…… 여진의 미래를 포기했다는 뜻이었을까?

이만주는 알고 있었을까? 누이의 뱃속에 새 생명이 자라고 있었다는 걸. 알면서도 그렇게 단칼에 벨 수 있었던 걸까. 잉태 소식을 알리면서 슬픈 눈을 하고 있던 누이가 떠올라 범찰은 목이 메었다.

"형님, 더는 무리요. 조금 쉬면서 눈 좀 붙입시다."

동창의 제안에 범찰은 불을 피우기 시작했다.

탁, 타닥, 탁, 탁.

타오르는 불꽃이 두 사내의 몸을 녹이고 있을 때, 범찰이 말없이 재를 쌓고 있었다.

오랜 관습이었다. 여진의 사내들은 큰일을 앞두면 들에 나가 둘러앉아 불을 피우고, 가운데 재를 놓고 의논했다. 이는 논의하는 소리가 밖으로 새어나가지 못하게 하려 함이었다.

동창은 단둘이 있으면서 재를 쌓는 범찰의 의중을 알 수 없어 불안해졌다.

"돌아가려면, 지금 가라."

"형님, 그게 무슨……."

"난 내 누이를 이곳에 묻을 것이다."

"대원수가 아시면 경을 칠 것이오. 모르겠소? 굳이 대원수가 형님에게 이 일을 시킨 이유를?"

"내 분노를 일깨워 복수하려는 것이겠지. 누이를 죽인 건 이만주인데, 복수는 조선에 하라는."

대원수의 이름을 함부로 입에 올리는 범찰을 보며, 동창은 눈을 질끈 감았다. 더 이상 여진족으로 살지 않겠다는 그의 확고한 뜻을 알아버린 것이다.

"그래서 지금 나보고 혼자 돌아가라는 거요?"

"너는 살아야지."

"퍽이나 나를 살려두겠소. 형님 혼자 떠나는 걸 버젓이 보고도 막지 못했다고 내 목도 그 자리에서 잘려나갈 것이오."

"흐흐, 흐흐흐. 그렇지. 그래야 이만주지. 그런데 어쩌겠느냐? 나는 더 이상 그 짐승 밑으로 기어들어 갈 생각이 없는데."

"그럼 나도 형님을 따르겠소. 이래 죽으나, 저래 죽으나 죽는 건 매한가지인데. 이왕이면 형님 곁을 따르겠소."

"후회하지…… 않겠느냐?"

"식솔이 있다면야 고민했겠지요. 기근에, 전쟁에, 죄다 죽어버려 아무도 없는데, 무에 그리 망설이겠소? 형님도 지금껏 버티신 건……."

"그렇지. 누이 때문이었지."

"여기다 묻읍시다, 형님. 중차대한 결정을 내린 곳이니, 이곳이 명당이 아니겠소?"

범찰의 말이 끝나기가 무섭게 동창이 재를 흩어버리며 땅을 파기 시작했다.

동창은 이미 알고 있었다. 오래전부터 범찰의 마음이 자주 흔들리고 있었다는 걸.

여진족 중에 무예가 뛰어나면서도 유일하게 글을 아는 이는 범찰 뿐이었다. 명나라와 조선의 정세에 귀를 활짝 열고, 제법 적절한 계책을 내오던 이도 범찰이었다. 그리고 지금은 전설처럼 되어버린 300여 년 전의 금나라를 잊지 못하는 이도 범찰뿐이었다.

송(宋)을 몰아내고, 몽골이 세운 원(元)나라에 밀리기 전까지 천하를 호령했던 금(金)나라는 바로 여진족이 세운 나라였다. 범찰은 금나라의 재건을 꿈꾸며 지금껏 버텨 왔다.

그런데 지금은 그저 북쪽 한 귀퉁이에 흩어져 살며, 노략질이나 일삼는 한심한 족속이 되어버린 것이다. 노략질을 해서라도 부족민의 배를 양껏 채워주었더라면, 그토록 많은 이들이 떠났을 때, 어찌 여진을 배반할 수 있냐며 단

칼에 베어 버릴 수도 있었을 것이다.

　그런데 굶주린 배를 움켜쥔 채 목숨을 걸고 도망친 부족민들이 향하던 곳은 어김없이 조선이었다. 범찰은 알면서도 그들을 뒤쫓을 수 없었다. 살고 싶어하는 저들의 의지를 무참하게 꺾을 수 없었다. 살도록…… 부디 그렇게라도 살도록 눈감아 줄 수 밖에 없었다. 그리고 돌아온다면 그저 모른 척하고 받아줄 생각이었다.

　그런데 여진족에 대한 멸시를 견디지 못하고 돌아올 거라 확신했던 이들이 돌아오지 않자, 그의 마음에 동요가 일기 시작했다.

　조선이란 나라…… 대체 뭐지?

　그리고 그는 변복을 하고 변방 지역에 숨어들었다. 아무리 조선에 귀의했다고는 하지만, 여진 부족들은 여전히 변방 지역을 벗어나지 못할 게 뻔해서다. 그는 야음을 틈타, 여진인들이 모여 사는 재가승촌을 기웃거리기 시작했다. 그리고 뜻밖의 소리를 듣게 되었다.

　조선의 왕은 조선에 귀의한 자들에게 집과 식량, 옷을 하사하는데 인색하지 않다고 했다. 여진인과 조선인의 혼인도 장려했고, 지위가 있던 자들에게는 벼슬을 주어 제 역량을 발휘하게 한단다. 그러면서도 고향을 그리워하는 이들을 위무하기 위해 여진인 마을에 활쏘기와 모구(毛毬)

시합을 열도록 허락했고, 조하(朝賀. 세초에 조정에 나아가 왕에게 하례하는 것)에는 여진인도 참석하도록 배려한다는 것이다. 제일 놀라운 것은 여진인이 조선에 정착할 때까지 조세를 면제해 준다는 것이었다.

범찰이 보기에 조선 왕은 여진인들을 살뜰하게 챙겨 자기 백성으로 만들고 있었다. 조선의 왕은 고래로부터 여진이 한민족과 두루 섞여 지냈다는 걸 정확하게 알고 있었다. 고구려 때에는 말갈족이라 불리던 여진이 고구려인들과 잘 동화되었고, 고구려가 망한 뒤에도 대조영 등 고구려 유민들과 힘을 합쳐 다시 발해라는 나라를 세우기도 했던 것이다. 어디 그뿐인가? 조선이란 나라가 세워졌을 때도 걸출한 무장으로 이성계를 도왔던 이지란 역시 여진족이 아니었던가. 이지란의 후예들 역시 지금 조선에서 차별받지 않고, 요직에 등용되어 쓰이고 있었다.

조선의 왕은 범찰이 그토록 좋아하는 《맹자》의 구절을 이미 자신의 치세에 실현시키고 있는 자였다. 감히 이만주 따위가 백번이고, 천 번이고 명에 빌붙어도 감히 함부로 할 수 있는 자가 아니었다.

천하의 인재들이 모두 왕의 조정에서 벼슬하려 하고,

농사짓는 이들이 모두 그의 들판에서 경작하려 하며,

장사꾼들도 모두 왕의 시장에 물건을 쌓아놓으려 한다.

　재가승촌 백성들의 웃음소리를 들으면서 범찰은 밤이 새도록 이 구절을 읊조렸다. 어렵사리 조선에 정착한 여진인들이 조선 왕의 품에서 안온하다는 생각에 안도의 눈물이 흘러내렸다.

　그리고 오늘 밤, 그는 명확히 알 수 있었다. 이만주가 조선의 개라고, 배알도 없이 조선에 빌붙어 살았던 미친놈이라고 그토록 미워하던 이지란이, 실은 자신이 섬길 주군을 제대로 볼 줄 알았던 혜안(慧眼)과 한번 결정한 주군을 죽을 때까지 지켜냈던 용기를 모두 지녔던 자라는 걸. 이지란을 떠올리던 범찰은 그간 무겁게 가슴을 짓누르던 바윗덩어리 하나가 사라져가는 걸 어렴풋이 느꼈다.

　따라놓은 차(茶)가 식는 줄도 모르고 책장을 넘기는 손길이 있었다. 그리고 그 모습을 흐뭇하게 바라보는 시선이 있었다.

　"차가 많이 식었사옵니다, 황제 폐하."

　"아, 죄송합니다. 푹 빠져들어 읽다 보니 스승님이 계신 것도 잊었습니다."

　반 시진(1시간) 전, 황제는 조선에서 돌아온 위명에게서 한 권의 서책을 건네받았다. 위명이 조선의 대신들과 주고받았던 시(詩)가 실린 책이었다. 한 장 한 장 넘겨보던 황제의 얼굴에 놀라운 기색이 드러나고 있었다.

"참으로 수고가 많으셨습니다, 스승님."

"조선을 두루 돌아볼 수 있는 계기가 되었사옵니다."

"하나같이 모두 주옥같은 시들입니다."

"사실 저 혼자서 상대하기가 버거울 정도였습니다, 허허허. 관록있는 대신들도 대단했지만, 아직 관직에 나오지도 않은 젊은 문사의 실력 역시 그들에게 한 치도 뒤지지 않았사옵니다."

"부끄럽습니다. 저들이 드높은 문풍(文風) 진작시키는 동안, 제가 한 일이라곤 고작 투실솔이었다는 게……."

"시 너머에 담긴 조선 왕의 의도를 헤아리소서."

"그렇지요. 이토록 수준 높은 대신들을 함부로 대하지 말라는 뼈있는 경고겠지요."

"그리고 조선을 그 옛날 노(魯)나라처럼 예우하라는 뜻도 잊지 마소서."

"조선이 진정 노나라에 비견할 만합니까? 조선 왕이 진정 주공에 견줄 만합니까, 스승님?"

"조선의 왕은…… 상선약수(上善若水)를 떠올리게 하는 군주였습니다."

"하아……."

황제의 애타는 질문에 위명은 네 글자로 답했다.

상선약수(上善若水).

최상의 선은 물과 같다는 말.

물은 만물을 이롭게 하면서도 결코 자신의 공을 내세우며 다투지 않고, 뭇 사람들이 싫어하는 곳까지 겸허히 다다른다. 그렇게 물이 닿는 곳곳마다 반드시 생명이 싹튼다는 뜻이었다.

위명은 자나 깨나 백성을 생각하는 조선의 왕을 이처럼 멋들어지게 표현했다. 그리고 그렇게 살리고자 애쓰는 왕 밑에서 백성들은 이루 말할 수 없는 태평성대를 누리는 게 당연하지 않겠냐고 황제를 향해 일침을 날린 거였다.

위명이 물러간 뒤에도 황제는 시집을 쉬이 손에서 놓지 못했다.

황제의 그윽한 흥이 깨진 건 그로부터 두 식경(1시간) 정도가 지나서였다.

"왕 환관! 밖이 어찌 이리 소란스러운 것이냐?"

"송구하옵니다, 황제 폐하. 지금 여진의 수장이 황제 폐하를 직접 알현해야 한다며 무작정……."

"황궁의 근위병들은 대체 뭘 했길래, 그 시정잡배 같은 놈이 황실의 예법을 깡그리 무시하도록 놔두었느냐?"

"그, 그것이…… 태사 어른께서……."

황제를 알현하고 돌아가던 위명이 문 앞에서 이만주를 맞닥뜨린 후, 그를 황제 앞에 들이라고 했다는 것이다. 스승이 던진 시험이었다.

황제 앞에 나아온 이만주는 거지꼴이었다. 나름대로 신경을 쓴다고 최대한 갖춰 입고 온 것이었는데도, 명 황실 사람들의 눈에는 그저 꾀죄죄한 몰골로밖에 보이지 않았다.

"황제 폐하를 뵙습니다!"

이만주가 부복하며 우렁차게 외쳤다.

"여진의 수장이 사신을 통하지 않고, 무슨 일로 친히 이곳에 온 것이냐?"

"사신을 통해 아뢸 수 없는 참담한 일이 있었사옵니다."

"참담한 일이라?"

황제의 질문이 끝나기가 무섭게, 이만주가 품에 안고 있던 상자의 뚜껑을 열었다.

읍, 우우읍.

황제가 코를 틀어쥐자 환관들이 물건을 치우고, 근위병들이 이만주의 목에 칼을 들이댔다.

"이게 대체 무슨!"

"제가 가장 총애하던 여인이었사옵니다. 조선 왕이 제

식솔과 휘하 장수들을 억류하고, 급기야 이 여인의 머리를 제게 보내왔습니다. 그녀의 나머지 시신이 어디에 있는지 아직 찾지 못하였사옵니다. 황제 폐하! 여진의 모든 것을 바칠 것이옵니다. 부디 이 천추의 한을 풀 수 있도록 도와주십시오."

이만주가 목놓아 울기 시작했다.

이만주는 자신 있었다. 명 황제의 마음 따위 적당히 구워삶아서 조선을 치도록 유도하는 것쯤은 아무것도 아니라고 자부하고 있었다. 그간 황제는 조선의 꼬투리를 잡기 위해 혈안이 되어 있던 자. 정사를 게을리하면서, 미물을 애지중지하며 보도들도 못한 놀이에 빠져있던 자. 담비 가죽만 바치면 기분이 좋아져서 무조건 여진의 편을 들어주던 자. 이만주의 눈에 황제는 자라지 못한 아이, 딱 그 정도 위인이었다. 게다가 이번엔 온갖 종류의 가죽을 죄다 쓸어왔으니, 더없이 많은 군사를 내줄 거라 의심치 않았다.

"흐흐, 으하하하하. 조선 왕이 네 부인의 목을 잘라 보냈다고 했느냐? 휘하의 장수들도 죄다 잡혀 억류되었고?"

"예예. 그렇사옵니다."

"그래서 네가 이렇게 버선발로 달려온 거고?"

"……."

황제의 비아냥거리는 태도에 이만주는 뭔가 일이 틀어졌음을 알아차렸다.

"제가 어찌 감히 거짓을 아뢰겠나이까?"

"거짓의 대가가 뭔지는 알고 덤비는 것이냐?"

"예에?"

"딱 봐도 네가 저지른 짓거리를 알겠구나. 요즘 여진인들이 조선으로 많이 도망친다지? 에고! 이번엔 급기야 네 수하들까지 조선으로 가 버린 것이구나, 쯧쯧쯧. 그래서 급한 마음에 애첩의 머리를 잘라 온 것일 테고."

"그, 그게……."

"여봐라, 이 짐승같은 놈을 당장 황궁 밖으로 내쳐라!"

"황제 폐하, 폐하! 어찌 제게 이러실 수 있사옵니까?"

이만주는 질질 끌려가면서도 패악을 부렸다. 비루먹은 개마냥 황궁 밖으로 내쳐진 이만주는 여진으로 향하며 이를 갈았다.

'내 기필코 이 원통함을 되갚아 줄 것이다.'

황제는 기가 찼다.

'나를 얼마나 우습게 봤으면, 저깟 비렁뱅이 같은 놈조차! 기껏해야 도적놈의 수장이 대명 제국의 황제를 농락하다니!'

황제는 넋 놓고 지낸 세월 동안 온갖 똥파리 같은 놈들이 주위에 꼬였다는 생각에 분노가 치솟았다. 그는 오랜 세월 지속되었던 여진족 수장들의 지긋지긋한 농간을 끊어내기 위해 늦은 밤 붓을 들었다. 조선으로 보낼 칙서가 그의 손에서 쓰여지고 있었다.

> 대개 이 도적들은 짐승의 성질이 있으므로 덕으로 교화될 것이 아니니, 모름지기 위력으로써 위협해야 할 것이다. 그들이 재차 침범하거든 즉시 무찔러서 변방의 백성이 편안함을 얻게 하라.

명나라가 더 이상 조선과 여진 사이에 끼어들어 괜한 오해 따윈 하지 않을 것이니, 알아서 여진을 처분하라는 공식 칙서였다.

황제는 그렇게 스승의 마지막 시험을 통과하며, 조선 왕과 용호상박(龍虎相搏)을 겨뤄볼 생각에 가슴이 설레었다.

"전하, 감축드리옵니다."

"으응? 뭘 말이냐?"

공 내관이 활짝 웃으며 말하자, 왕이 뜬금없다는 표정을 지었다.

"그간 침수도 제대로 못 드시고, 고민해 오시던 일이 해결되지 않았사옵니까?"

"아…… 그거?"

"기쁘지 않으시옵니까? 소신은 지금 하늘이라도 날 수 있을 듯하옵니다."

낮에 명나라 황제의 칙서를 받아들고, 여진 정벌의 명령을 당당하게 발표했던 왕은 의외로 덤덤해하는 눈치였다.

"설마…… 이렇게 될 줄 미리 아셨사옵니까, 전하?"

"응."

너무나도 간단한 왕의 대답에 공 내관은 맥이 탁 풀렸다.

"내가 다 알아서 해결할 거라고 하지 않았느냐?"

"흐흐, 흐흐흐."

공 내관은 그토록 큰일을 해내고도 기뻐하기는커녕, 심드렁하게 무심한 왕을 보며 실성한 사람처럼 웃었다.

"공 내관, 네가 그리 내 능력에 감탄했다면…… 지금 내 앞에 냉큼 맥적구이를 대령하는 것이 어떻겠느냐?"

"전하, 맥적구이 뿐이겠사옵니까? 영계백숙까지 아울러 올리겠사옵니다."

그날 밤, 왕은 야식이 담긴 그릇을 싹싹 비웠고, 공 내관은 그 많은 고기를 다 드셨으니, 당장 소화시키고 침수드셔야 한다며 왕을 닦달했다. 그리고 죽도록 걷기 싫어하는 왕을 기어코 꼬드겨 경회루 주변을 오래도록 걸었다.

꼬까신

파랗던 하늘이 한층 높아지고, 초록으로 뒤덮였던 세상이 온통 붉어질 무렵, 마침내 왕에게서 기별이 왔다. 명으로 떠나시기에 더없이 좋은 계절이 왔다는 왕의 윤허가 담긴 서신이 당도한 것이다.

서신을 받든 이교는 주상전하가 계신 곳을 향해 그 어느 때보다도 넙죽 절을 하고서, 급히 영흥댁과 길복이를 찾았다. 지금 당장 저자에 가야 한다며 부산을 떠는 이교 때문에 이들은 갑자기 일손을 놓고 따라나섰다. 명에 가기 전에 비단옷과 물건들을 사시려나 보다, 하고 따라나선 이들은 결국 펑펑 울고 말았다.

이교가 이들을 데려간 곳은 혜전(鞋廛, 가죽신을 파는 가게)이었다.

"아니, 냉큼 들어오지 않고 뭐 하는 겐가?"

이교가 영흥댁과 길복이를 향해 물었다.

"저, 저희요?"

영흥댁이 의아한 얼굴로 되물었다.

"신을 고르려면 응당 신어봐야지."

이교의 대답에 길복이는 자신의 발을 내려다보았다. 너무 헤져서 이리저리 발가락이 튀어나온 짚신. 쉬이 닳고, 험한 길에서는 숱하게 돌부리에 걸려 넘어져도 신어 온 짚신. 자신들은 그런 짚신에 평생 묶여 있었다.

그런데 지금 갑자기 자신의 주인이 양반들만 신을 수 있는 가죽신을 사주려고 자신들을 이곳에 데려온 것이다.

"길복아, 이건 어떠냐?"

이교가 검은색 바탕에 흰 줄무늬가 그려진 태사혜를 들어 올리며 물었다.

"……."

"영흥댁, 내가 보기엔 이 자색 비단에 녹색이 섞인 운혜가 제일 예뻐 보이는데……."

이번엔 이교가 여인들이 신는 운혜까지 들고 방긋 웃자, 영흥댁과 길복이는 우두커니 서서 훌쩍거리기 시작했다.

"왜들 우는 건가?"

"대감마님, 쇤네는 여기에 데려와 주신 것만으로도 충분합니다. 어여쁜 운혜를 실컷 본 것만으로도 족합니다."

"예, 그럼요. 나으리. 저도 그렇습니다. 지체 높으신 분들께서만 신으시는 것을 저희 같은 천것들이 어찌 언감생심 바랄 수 있겠습니까?"

"주상전하께서 이번에 아주 큰 일을 해냈다고 치하해주셔서 내가 사주려는 건데…… 정녕 못 사겠다면 할 수 없지, 뭐. 용수 아범에게 일러 짚신이나 넉넉히 꼬아두라고 해 두겠네. 명나라까지 가려면 꽤 많은 짚신이 필요할 테니까."

"자, 잠시만요, 대감마님! 그, 그러니까 지금 쉰네랑 길복이도 명나라에 데려가신다는 거예요?"

"당연하지. 자네들 없이 내가 무슨 재미로 혼자 가겠는가? 직접 먹어보고, 조선에 돌아와서 만들어 볼 음식이 천지 삐까리인데."

"꺄아아악! 정말요? 정말이세요?"

영흥댁이 소리를 지르며 호들갑을 떨었다.

"내가 언제 허튼소리 하는 거 봤는가? 그러니 먼 길 가려면 튼튼한 신발부터 챙겨야지. 영흥댁, 제일 예쁜 걸로 골라보게. 길복이 너도."

영흥댁은 흐르는 눈물을 냉큼 닦고, 운혜 사이를 날아다니기 시작했다. 그녀는 자색 비단 위에 초록 앞마구리(앞코)를 얹은 운혜, 다홍색 비단 위에 노랑 앞마구리를 얹은 운혜, 자색 비단 위에 쪽빛 앞마구리를 얹은 운혜 사이에서 마음에 드는 걸 고르느라 하마터면 날밤을 새울 뻔했다.

마침내 자신의 나이를 의식한 영흥댁이 자색 운혜를 고르자, 이교가 활짝 웃었다. 그러나 그들은 혜전을 나서고도 차마 신을 신지 못한 채 품속에 고이 껴안고만 있었다.

해가 빼꼼히 얼굴을 내밀기에도 민망한 인시(寅時, 새벽 3시-5시 사이). 부스럭대는 소리, 재촉하는 소리, 티격태격 궁시렁대는 소리가 담 밖으로 새어나가고 있었다.

이교는 봇짐 속에 각종 주전부리를 챙겨 넣느라 영흥댁을 재촉하고 있었고, 길복이는 이교의 방에서 끝도 없이 쏟아져나오는 봇짐을 말 위에 싣느라 진땀을 빼고 있었다.

"대감마님! 이걸 죄다 가져가시게요? 가시는 길목마다 맛난 음식을 사 드시는 게 아니고요? 그래도 명색이 종친이신데, 비단옷이랑 서책을 더 챙기셔야 하는 거 아닙니까?"

길복이가 염려스러운 낯빛으로 물었다.

"허허허. 길복아, 네가 말한 서책이랑 붓은 여기에 있다."

이교가 마지막 짐을 넘겨주며 웃었다.

"세상에나…… 대감마님, 아무리 쇤네가 까막눈이라도 이게 서책이 아닌 건 확실히 알겠는데요?"

영흥댁이 고개를 내저으며 받아든 건 빈 종이 묶음이었다.

"이번 여행길엔 그게 서책보다 훨씬 중요하니 빠지지 않게 잘 챙겨 넣거라, 길복아."

이교는 명나라에서 맛보게 될 모든 음식을 이 종이에 적어올 생각에 한껏 들떠 있었다.

"자자, 이제 슬슬 가 보자고."

그렇게 집을 나선 지 일다경(一茶頃, 차 한 잔 마실 정도의 시간. 15분)도 채 되지 않아, 이들은 예상치 못한 복병을 맞닥뜨렸다.

서거정이 마을 어귀의 큰 느티나무 아래에서 그들을 기다리고 있었던 것이다.

"아니! 자네는 이 시각에 여긴 어인 일인가?"

"저야…… 아주 귀한 초대에 응하려고 먼 길을 떠나는 중입니다만, 대감께서는 어딜 그리 급히 가십니까? 이런 걸 죄다 들고 말입니다."

"……."

"서운합니다, 대감. 명나라에 가시면서 소생에게는 한마디 기별도 주지 않으시고요."

이교가 차마 대답하지 못하자 서거정이 볼멘소리를 했다.

"아니…… 나는 그저…… 그나저나 자넨 귀한 초대를 받았다고? 그래서 어디로 가는가?"

"명나라요."

"뭐?"

"저도 명나라에 가는 길입니다."

"진짜?"

"위명 어르신께서 저를 초대해 주셨거든요. 지난번에 금강산 구경시켜 드렸더니, 보답하고 싶으시다고요, 흐흐흐."

서거정이 도포자락에서 서신을 꺼내 들고 팔랑거렸다.

"하하하, 하하하하! 좋다, 좋아."

"뭐가 말입니까?"

"자네가 무슨 수를 써서라도 이렇게 우리와 함께 가게 되었으니 좋다는 말일세. 역시 자네다워. 어여 가세! 벌써부터 맛있는 냄새가 솔솔 풍기는 듯하군."

이교가 서거정을 꽉 안아주며 길을 재촉했다.

"도련님! 들어드릴 짐이……."

길복이가 난감해하며 물었다.

"하하하! 나는 이미 대감께서 죄다 챙겨오실 줄 알고 빈 몸으로 왔네."

"역시 도련님의 총명함은 따를 수가 없다니까요, 호호호."

영흥댁의 웃음소리가 높아졌다.

이들은 고운 꼬까신을 신고 신난 아이들마냥 까르르 웃으며, 그렇게 한 걸음씩 내딛었다.

어슴푸레한 새벽어둠을 힘차게 가르며.

김종서를 함길도 관찰사로 파견했던 왕은 두 달 후, 능력 있는 장수들을 보내 공격 태세를 갖추었다. 그리고 두 차례에 걸쳐 여진족을 마침내 토벌했다.

　그리고 여진 정벌 후, 왕은 대규모 사민입거(徙民入居, 백성을 옮겨 살게 하는 제도) 정책을 추진했다. 이를 위해 경원부와 영북진의 성벽을 새로 증축하게 했다. 또한 토관직(토착민에게 주던 특수 관직) 제도를 설치하여 백성의 사기를 높이는 데 힘썼고, 변방 지역의 백성들이 의료혜택을 골고루 받을 수 있도록 했다. 뿐만 아니라 회령과 종성, 경흥 지역에 향교를 두어 백성들의 교화에 힘썼다.

　삼 년 뒤,

　변방 지역 백성들의 생계는 점차 안정되었고, 더 이상 여진은 조선의 영토를 넘보지 못했다.

　그리고……

　마침내 압록강과 두만강을 경계로 조선과 명의 국경선이 확정되었다.[19]

〈 끝 〉

---

19) 《세종실록》 19년 7월 17일 기록 참고.

참고문헌

1. 옛 문헌

《논어(論語)》

《맹자(孟子)》

《조선왕조실록(朝鮮王朝實錄)》

《산가요록(山家要錄)》

《영접도감잡물색의궤(迎接都監雜物色儀軌)》

《순종순정황후가례도감의궤(純宗純貞皇后嘉禮都監儀軌)》

2. 단행본

리처드 랭엄 지음, 조현욱 옮김, 《요리본능》, 사이언스북스, 2020.

윤덕노, 《음식으로 읽는 중국사》, 더난출판, 2019.

이한, 《요리하는 조선 남자》, 청아출판사, 2017.

김정호, 《조선의 탐식가들》, 따비, 2012.

방병선, 《중국도자사 연구》, 경인문화사, 2012.

신명호 지음, 《조선 왕실의 의례와 생활》, 돌베개, 2011.

해롤드 니콜슨, 신복룡 역, 《외교론》, 평민사, 1998.

3. 논문

정홍영, 〈한국의 대외관계와 외교사: 조선편〉, 《한국학연구》 제 56
집, 2020.

천성대, 〈의안대군 이화의 공신력에 대한 고찰〉, 《동방학》 제 30
집, 2014.

김문식, 〈조선 시대 외교의례 특징〉, 《동방학》 제 62집, 2016.

김춘동, 〈음식의 이미지와 권력〉, 《비교문화연구》 제 18집, 2012.

김종수, 〈조선 시대 사신연 의례의 변천〉, 《온지논총》 제 38집,
2012.

박현모, 〈세종의 변경관과 북방영토 경영 연구〉, 《정치사상연구》
제 13집, 2007.

오종록, 〈조선 초기 병마절도사제의 성립과 운용〉, 《진단학보》 제
59권, 1985.

하용출, 박정원, 〈약소국의 자주 외교 전략: 유럽 사례를 통해 본
가능성과 한계〉, 《전략논총》 제 9집, 1998.

4. 기타 자료집

이왕기, 《명청시대 중국의 황궁》, 2013년 상반기 박물관 문화강좌.

작가의 말

이 작품을 쓰는 내내 참 많이 행복했습니다. 이 이야기는 여진족을 정벌하기 위한 세종의 4군 6진 설치를 '음식'과 연결한 것에서 시작됩니다. 이는 여진족을 정벌하는 데 혁혁한 공을 세운 이가 '장수'가 아닌 왕족 출신의 '숙수(요리사)'라는 화두를 과감하게 던진 것입니다. 누가 봐도 에이…… 설마? 라는 생각이 들 정도의 다소 황당한 이야깃거리를 구성하면서 저는 힘들기보다는 오히려 재미있었습니다. 특히《세종실록》에 나타난 몇 줄의 기록에서 건져 올린 주인공 '이교'를 생동감 있게 그려내기 위한 작업과 그를 둘러싼 인물과 사건들을 표현하기 위해 몰두했던 시간은 하루 종일 쪼그리고 앉아 레고 놀이에 푹 빠진 아이마냥 신나는 일이었습니다.

사실 제 작품들에 등장하는 인물들이 모두가 잘 아는 옛사람이 아니라, 문헌 속에 가려져 있는 보도들도 못한 사람들이기 때문에, 그들을 제대로 발굴해 내기 위해 제법 많은 자료를 찾아 읽어야 했던 것도 사실입니다. 그리고 작품 속에서 재구성된 인물들과 그들의 연대를 통해 알게 되었습니다. 자신 앞에 막막하게 버티고 서 있는 삶을 살아내는 힘은 오롯이 마음에서, '순일함'을 품은 마음에서 비롯된다는 것을요. 그리고 돌아보게 되었습니다. 내겐 그 순일함이 있는지, 내 주변이 그런 아름다움을 품은 사람들로 채워져 있는지…….

모쪼록 이 글을 읽으시는 내내 입가에 슬쩍 미소가 걸릴 수 있다면 더없이 좋겠습니다. 마지막으로 이 작품을 알아봐 주시고, 출판을 기꺼이 제안해주신 도서출판 써네스트에 다시 한 번 감사한 마음을 전합니다.

천영미

초판 1쇄 | 2025년 4월 25일

지은이 | 천영미
표지 디자인 | 이응
본문 디자인 | S-design
편   집 | 박일구
펴낸이 | 강완구
펴낸곳 | 도서출판 써네스트
출판등록 | 2005년 7월 13일 제2017-000293호
주 소 | 서울시 마포구 망원로 94, 203호
전 화 | 02-332-9384   팩 스 | 0303-0006-9384
이메일 | sunestbooks@yahoo.co.kr
I S B N 979-11-941661-52-8 03810 값 15,000원